時を紡いで

TACHIBANA Kyoko
立花恭子

文芸社

書くことをいつも温かく応援してくれた
最愛の同志、亡き夫に捧ぐ

穏やかな日々

年が明け、寒の入りを目前にした凍りつくような夜明け前。東の空は、かすかに明るさを帯びてきていた。が、それにしても、やや西寄りに近い木立のずっと上には、まだ煌々とした丸い月があった。

「何て神秘的」

緑の木々に囲まれた、駐車場で車を降りた上村里子《かみむらさとこ》は、思わず呟いた。朝なのに明るい月、不思議で、思わずうっとりと見入ってしまうほどの素敵な光景。

そんな景色が、早朝の静寂の中にすっぽりと収まっている。ぴりぴりと冷たい東北の、冬の外気を頬に受けながら、里子は今、それを一人占めしていた。

その駐車場の傍には、大型のリゾート施設があった。その施設に隣接したホテル内にある自分の職場へと向かうため、里子は坂道を、心もち急ぎ足で歩き始めた。売店の開店準備を兼ねての早朝出勤、気持ちは引き締まる。

早いもので、里子も今年は還暦。ホテルのロビーにある売店で働き始めて、四年になる。

もうそろそろゆっくりしてもいいかな――、と思うこともあるが、普段はそんなことは忘れている。今でも時々失敗しては、同僚に、「天然だね」と茶化されることもあるが、むしろその性格が幸いして、いつまでも童心を忘れず元気でいられる。里子は自分で、いつもそう思っている。我が子のような若い子たちにも、気力だけは負けてはいない。

――自分だって、まだ充分やれる――

そんなふうに心丈夫な里子にとって、冬の時期の、このぴりりとした自然の厳しさは、「頑張ってるね」と、誰かに背中をポンと叩かれるような、そんな気がして心地よい。大自然と会話できる、嬉しい瞬間でもあるのだ。

そんな中で彼女はいつも、背筋をぴんと伸ばす。

「おはようございます」

そう声をかけると、里子はいつものようにホテルのフロント脇にある経理室に寄って、まず売店の鍵と、台車に積んだ釣銭を受け取った。そのまま急ぎ足で台車を押しながら、ロビーにある店まで辿りつくと、一か所だけ鍵を開けて、土産物の並んだ真っ暗な店内に入る。奥にずらりと数台並んだレジに、まず釣銭を入れるため、里子はその場所だけ電気をつけた。レジのコンピュータに入力しながら、一台ずつ釣銭を入れて行く。

そのうち、里子と同じ早朝出勤で、レジ当番の同僚がバタバタと、

「かみむらさん、おはよ！　遅くなっちゃった、ごめんね」

と駆け込んでくる。

それから、朝の挨拶もそこそこに、一緒に店内の開店準備を始めるのだ。

午前七時になると、店全体の電気を点け、ガラガラと軽い音を立てながら、ガラスの大扉を横へ少しずつ滑らせて、開けていく。

「おはようございます！」

ロビーのフロアに、元気のよい里子たちの声が響く。

待ち構えていた泊まり客が、買い物かごを持って、いそいそと入ってくる。旅途中の彼女ら、彼らにとっては、旅立つ前の貴重な時間、里子たちにとっては、朝一番の戦争の始まりだ。


里子の担当するホテルの売店は、ロビーのフロアを囲んで、他にもいくつかあった。それぞれの店に特徴があり、その日の担当が決まっている。里子はその日、ハワイから直輸入されたものなど、数多くの衣料品が所狭しと並んでいる、そんな店にいた。そこは、ホ

テルのロビーのフロアに向かって、間口が広く開いていて、宿泊客たちが、隣接したリゾート施設にあるスパやプールに行く際には、必ず通って行く場所でもあった。

　そんな店の前近くで、四、五歳くらいかと思われる男の子が一人、さっきから、大きな浮き輪にその小さな身体を入れて、大人しく誰かを待っていた。きっとこれから、家族でプールに行くところなのだろう。時折、手持無沙汰気に、浮輪を腰のところでくるくると回している。それでもさすがに、待ちくたびれたと見えて、少し離れた所に視線を移した。そして彼は、ついに大きな声で言った。

「おい、パパ、早く行こうぜ！」

　乱れた商品をもとの場所に返したり、店内の見回りや掃除などをしながら、ちらちらその様子を見守っていた里子は、思わずクスッと笑った。その小さな身体に、およそ似合わない、この一言。それに対し、彼の父親と思しき青年はすかさず、

「おっ、わりいなあ。まだヤッチャンが来ないんだ、もうちょっと待っててな」

と言った。

「うん」

（しかたないなあ、もう）――ちょっとだけ頷くそのまだ幼い顔からは、そんな気持ちが

見て取れた。でももう立派に、一人前の顔。父親との素敵な言葉のキャッチボール。里子は男の子が、パパからのボールを、その小さな身体でしっかりと受け止めたのを見た。

いろんな人たちが集う、里子の職場。こんな素敵な場面に出会えた時には、彼女の心はぬくぬくと温まる。子供は本当に健気で、可愛い。接客という、ちょっと大変な仕事の合間にも、たまにもらえる自分への頑張り賞。そんなふうに思って、里子は一日中、明るい気分でいられるのだ。

ところで、この施設には最近、フィリピン、中国、韓国、ロシアなどを中心に世界からの外国人客が訪れ始め、言葉の壁で四苦八苦することが多い。フロントには、英語が堪能なフロントマン（男性と女性）が配属されていて、そのような外国人に対応していた。

里子も時に、所用でフロントに出向くことがあるが、時折、流暢な英語で話すフロントマンの声が、耳元に届いてくることがある。そんな時には、男女問わず、同じ従業員として、本当に憧れてしまう。それでも最近は流暢に日本語を話す外国人もいて、そんなお客には、従業員誰もがほっとする。

でもやはり、全く日本語はだめ、という外国人も少なくはないのだ。そんな時に備えて、最近里子もゲーム機の英会話ソフトを使って、猛勉強を始めた。それは息子の翔《しょう》からかなり前にプレゼントされた物だったが、なかなか上達は難しく、自信のなさからもその成果を試すチャンスがなかった。

この日も里子は、衣料品の店にいた。何やら先ほどから部屋着のムームーを着た白人の女性が、店内を行ったり来たりするのが気になっていた。ついに里子はその時、勇気を出して声をかけてみた。一人で店番をしている、こんな時がチャンス到来とばかりに……。

「May I help you?（いらっしゃいませ。何かお探しですか？）」

するとその女性は、

「No thanks.（いいえ）」

とゆっくり首を振り、

「I'm just looking.（見てるだけですから）」

と、にっこり微笑んで返事を返してくれた。

里子の心は喜びで跳ね上がった。

（言葉が通じた！）

彼女は有頂天になった。そして無謀にも、微笑みながら言葉を続けた。

「I'm sorry. Looking please.」

「失礼しました。どうぞ、ご覧ください」と、里子は言ったつもりだが、正しいかどうか全くわからないので、言葉に自信のない分、手で身振りも添えた。それに対して、外国人の女性は、軽く微笑んだ。

もっと何か話したいが、それができない自分がもどかしい。そんなそわそわした里子の高揚した気も知らずに、女性は商品を手に取りながら、ゆっくりと見て歩いた。そのうち、客足が増えてきたのを機に、彼女は店を出ようとしたが、その時、他のお客に対応する里子の方を見て、

「Thank you.（ありがとう）」

と、目に笑みを湛え親しげに声をかけると、その場を離れた。

「ありがとうございました！」

（しまった！　Thank you very much.って言えば良かった）

慌ただしく後悔しながらも、その時元気よく、白人女性に礼を言って会釈する里子の姿は、どこから見ても、喜びと幸せで溢れていた。

こんな日は一日中、里子の心は躍った。もちろん家に戻って、夫に胸を張って報告、日ごろは夫婦二人静かに過ごすことが多いが、何か良いことのあった日は賑やかになる。

「やったね！　じゃあ乾杯だ」

夫の均《ひとし》も調子を合わせて、興に乗る。そんな時は、冬であれば大抵、二人は鍋を囲んでビールで乾杯した。それが上村家での、ささやかながらも楽しい日常風景なのだ。

里子の夫・均は、勤めをリタイヤしてしばらくが経つ。今は無職で、悠々自適の生活を送っている。かつては、転勤族として仕事一筋の生活を送っていた。しかしまだ現役中の頃、二度目の赴任先であるこの場所を終の棲家と選んで、家を建てた。

日本で三番目に面積の広いことでも知られる、ここ福島県は、三つの地域に区切られる。それぞれの地域が違った特徴をもち、どこも自然に恵まれた、素晴らしいところだ。同じ県でありながら、場所によっては冬、豪雪地帯とされる地域もあるが、上村家のあるところは、東京から特急で二時間。海が近く、美味しい海産物が豊富、野菜果物も安価で、これまた豊富な、浜通りと呼ばれる地域である。そこは太平洋側に面した、比較的夏は涼しく、冬は温暖で積雪の少ない、県内でも皆がうらやむ地域でもあった。

均が最後まで勤め上げた会社は、東京に本社があり、ここ福島に事業所を持っていたため、彼は入社二年目でこの地への配属となった。その後、別の事業所にいた里子と一緒になり、二人は新婚時代から十年ほどこの地で暮らした。そしてその後均は、家族とともに他県の事業所をいくつか異動したが、また再び、この地へ戻ってくることになった。

彼の職種柄、全国に散らばる事業所に異動する可能性がありながら、同じ場所に二度赴任するというのも、きっと何かの縁だろうと、その時均と里子は考えた。そして、やはり一番には、早く子供たちに社宅という仮住まいではなく、落ち着ける自分たちの家に住まわせたいという、二人の願望があった。何よりも二人は、もともとこの地で結婚生活をスタートさせ、里子の出産を経て、その後出入りはあったものの、地域に溶け込み、二人にとって慣れ親しんだ場所でもあった。いわば第二の故郷と思えるところだったのだ。そんな中で、子供の成長に伴い、次の異動の際には自分の単身赴任をも眼中に入れて、均はこの地に、家を建てることにしたのだった。

彼の故郷、山陰には親戚も多くいたが、実家の跡を継ぐ兄弟はいたし、気楽な立場でもあった。そんなこともあって、やがて老後は夫婦二人のんびりと、終の棲家としても便利な、この地で暮らすつもりでいた。

子供たちが勉学のため家を離れ、均も相変わらずの異動のため、家を建てたものの空き家にしたり、人に貸したりといった時期もあった。

紆余曲折はあったものの、ほぼ順調に時は過ぎ、家のリフォームも済ませ、いわば浮草のような転勤生活と社宅暮らしに終止符を打ち、均の退職を機に彼らは再びこの地に戻ってきたのだった。そして今、名実ともに東北福島の住人となって、シニアとしての生活を楽しんでいた。

この地に戻ってきてすぐ、均は以前暮らした時にできた趣味の音楽仲間と一緒に、バロック、ルネッサンス音楽と言った古楽器の演奏を復活させて、生き生きと暮らし始めた。しかし里子にとっては十年余りの、他所での生活のブランクは大きかった。懐かしがって、時折電話してきてくれたり、ランチに誘ってくれたりする友人はいたが、彼女らもまだ働き盛りで、それぞれが仕事をもっていて忙しい。もともと里子も働くことは好きで、結婚してフルで働いたことはないが、子供が成長して手がかからなくなってからは、家計の足しになるぐらいの仕事はいつもしてきた。そんな彼女の心に、また仕事がしたいとの思いがむくむくと湧きあがったとしても、自然なことだった。

働くと簡単に言っても、年齢的なこともあり、当時は今のような仕事に就けるとは思わなかったが、幸いなことにそれができると決まった時、ただただ、このご縁に里子は感謝した。思えば当初里子は、自分でも健気と思えるほど、一生懸命だった。もちろん早朝出勤の時間帯には、なかなか厳しいものがある。これでは若い人材はなかなか集まらないだろう。でもそのことが里子に幸いして、チャンスを与えてもらえたと感じていた。

早朝から昼までの仕事というのは、里子にとってはとても有難い時間帯でもあった。もう決して若くはないけれど、子育ても終わり、夫は定年後の時間を有意義に過ごし、そして自分は元気に仕事ができる、これ以上の喜びはなかった。

息災で夫婦仲良く、年を重ねながらの数年は、あっと言う間に過ぎ、その時から四年の歳月が流れていた。二年ほど前、東京に住む娘も結婚し、今では孫の顔を見るために、時々上京しては観光もすると言った楽しみもできた。

(こんなに幸せでいいのかしら)

そんなことを思う心のゆとりすら、里子には生まれていた。

それは突然に

リビングのテーブルの上で、充電中の携帯電話から、『強い揺れに備えよ』と、未だ聞いたことのない警報が流れた。職場から戻った後、ゆっくり昼食を済ませ、均の吹くバロックフルートのゆったりとした音色に耳を傾けながら、里子はその時キッチンに立ち、午後の穏やかな時間を過ごしていた。突然の耳慣れない音声に、その静かな空気が遮られ、何のことやらわからず、ただ右往左往する間もなくいきなり大きな横揺れが来て、初めて均と里子に恐怖が走った。

二〇一一年三月十一日。東北にも春の気配が見え隠れして、優しい花の香りも風に乗って漂ってきそうな、そんな昼下がりの平穏な時間が、一瞬にして悪夢と化した。その時、東北を襲った強い揺れは、マグニチュード九・〇、里子たちの住む福島県浜通りは、震度六強。一分四十秒という時間はとてつもない長さで、これまで経験したことのない大きな揺れに、二人はただ身を任せるしかなかった。

（いったいこれは現実⁉　家が壊れちゃう！）

急ぎ潜り込んだリビングの大きなテーブルの下で、里子はふと均がいるはずの反対側を見た。すると均はまだ立ったままで、彼の足だけが見えた。里子は思わず、

「お父さん！　テーブルの下に！」

と声をかける。

「うん、うん」と言う、均の声は聞こえるが、彼のそうする気配はない。

たまりかねて里子は、テーブルの下から出て立ち上がり、夫を見ると、ピアノの上にある、リコーダー、トラベルソ（バロックフルート）といった、彼にとって、命より……と言っても過言ではない高価な楽器を、夢中で押さえている。均が自分で手作りした、笛用のラックに整然と並べてあるそれらは、もし落ちて大きな衝撃を加えたなら、ひとたまりもない繊細な楽器たちなのだ。

かつてはひたすら、会社人間として人生を突き進んできた均だったが、六十歳という人生の区切りを目前にして、一時、大病を経験し、幸い大事に至らなかった経緯がある。その時里子が夫に無理をさせたくなくて、定年までの数年を早く切り上げるよう、彼に勧めることができたのも、均には楽器に親しむという、長い老後の楽しみがあると知っていたからでもあった。そんな均の心中を、里子はわからないでもない。

けれど今は、そんな状況ではない。大変なことになっていると、お互い感じているはずだ。

「お父さん、早くテーブルの下！」

「うん、いやー、これは大きいね！」

「もう、止まるわよね、もう、止まるわよね」

里子も、今はしゃがむのも忘れて、ただ頑丈なテーブルの端をしっかりと掴み、自分を励ますように夫に語りかけた。

(あ！　ピアノが動き始めた！　ああ、ラックが倒れる！　大事なレコードプレイヤー、アンプが落ちてくる！　やめて真空管が割れちゃう！)

その時、ふと視界の端に入ってきた、部屋の変化を見届けながら、里子は心で叫んだ。それでもいつの間にか、恐怖に少し慣れてきたような不思議な感覚に包まれて、だんだんそのすべてがゆっくりとした動きにも思えてきた。

心が落ち着いてくるのに合わせたように、その揺れも少しずつ収まって、止まった。その時、思わず見あわせた二人の目が、これはえらいことが起こったと、無言で語りあっていた。

「どこかしら？　東京？　子供たちは？」

里子が力のない声で呟く。そして彼女はすぐ、キッチンに戻った。幸いキッチンへの被害はない。

「さすがね」

大手住宅メーカーに依頼して造った、家への信頼は裏切られず、備えつけの食器戸棚の頑丈さに里子はほっとした。

大事な均の楽器たちも無事。均は慎重に、それらを下の安全な場所へと移す。神戸の震災以来、ピアノの足の滑車の下にそれ用の皿を敷いてあるので、均が必死で押さえていたピアノの反対側が動いたぐらいだ。それでも、一メートルは壁から離されているのには、二人とも驚いた。百キロはあるのに……。

かわいそうなのは、倒れた大きなラックを支えてくれたファンヒーターだった。その端っこが大きく凹んで、倒れてきたラックに載っていた、均の大事な音楽機材の犠牲になってくれていた。お陰で、レコードプレイヤー、CDプレイヤー、アンプなどへのダメージが小さくて済んだ。その白いファンヒーターは、十年、いやそれ以上は上村家の家族と共に歩んでくれていて、均が称賛する優れもの。本当にかわいそう。里子は悲しくなった。

だがすぐに、示しあわせたように無言で二人、急いで二階へ駆け上がった。そしてそこにある、三つの部屋の無事を確かめようとした。

まずは、かつて息子の翔が使っていた部屋。今はゲスト用になっているが、主に時々東京から訪れる里子の母が使用していた。その部屋はほぼ無事で、特に家具類への、大きな被害は無かった。それでも、ベッドが南側から北側へ大きく動いて、部屋の扉の近くに迫ってきていた。

その隣、かつては娘八重《やえ》のもので今は上村家の書庫となっている部屋は、足の踏み場もないほど、倒れた本棚の下に本が重なりあっていた。それを見た里子の口からは、思わずため息が漏れた（片づけに何日かかるかしら……）。

その隣、夫婦の寝室には、里子の鏡台、整理ダンス、チェンバロ、セミダブルのベッドが二つ置いてあったが、ベッドは並んで大きく南から北側に移動し、整理ダンスにも動いた形跡が見られた。そのたんすの上には均がゴルフのコンペで貰った、ブロンズ入りのガラスケースが載っていたが、それが落ちて、下でケースが砕け散っていた。その傍には、部屋の壁から落ちて、縁の一部が壊れた時計が転がっていた。その針が十四時四十六分を指したまま止まっていた。

続く隣の三畳ほどあるクローゼットの中は、扉を開けると、上の棚から落ちたものが散乱、里子はここでもため息をついた。それでも二人、とにかく命には別条なかった。その喜びは大きかった。

二人は、二階の被害状況を確認すると、また下へ降りた。里子は急いでキッチンに戻り、興奮冷めやらぬ思いで、（さて何をしよう。そうだ！　水！）そう思って、

「水、汲んでおこうね」

と、夫に語りかける。

「うん、そうだな」

均もいつになく高揚している様子で、大きな声で返事をした。

この時もまだ二人には、この後の過酷な現実とその被害の重大さは、呑み込めていなかった。とりあえず、自分たちの家への被害は少なかったこと、二人に怪我はないこと、道路側に面した南側の硝子戸から見える近隣の家に変化はなく、外の様子にも異常が見られないこと、人が騒いでいる様子もないこと、それだけを、この時の全ての判断材料とした。

生まれて初めて味わった身の危険を感じるほどの突然の出来事に、とても疲れを感じていて、今はただほっとしている、ただそれだけだった。

ラジオのスイッチを入れて、宮城県三陸沖を震源とする、大きな地震のようだとわかった時、子供たちの住む東京ではないと、二人は再び安堵する。

まず情報の確認が終わると、早速、ヤカンやありったけの鍋に、せっせと水を汲む里子に均は言った。

「風呂だ、風呂に溜めておいた方がいいよ。万が一の時のために」

「そっか、もしもの時でも、三日間凌げば、何とかなるわよね」

そんな均と里子だったが、翌日の朝からは上京する予定になっていた。長女八重の一歳の娘で、二人にとっては初孫の咲《さき》が通う保育園での、お楽しみ会に招待されていたのだ。久しぶりに会う娘に、母の味を届けようと準備した食材が、冷蔵庫にはたっぷり入っている。その状況からしても、里子の気持ちは至って楽天的だった。そしてこの時もまだ、まさか上京できない事態になるとは考えていなかった。しかし、何かを予感してか、里子は追い立てられるように身体はばたばたと動き、心は落ち着かなかった。

二階から下に降りてきて数分後、二度目の大きな揺れ！　またきた！　二人は身構える。それは数十秒間続く。

先ほど、気の遠くなるような揺れを経験しているだけに、

「大丈夫だね」

と、二人は慌てず声を掛けあい、ほっとする。

けれど、次にくる揺れに備えて、これまでに難を逃れた上部の物を下へ下ろすといった作業を、二人で手早くやった。二人とも無言だ。と、また強い揺れ。一回目に経験した未知への恐怖とは、また違った不安が里子の頭をよぎる。

里子がバスタブに水を溜め始めて、それが終わらぬうちに、水の色が少しずつ変わり始めた。当たってほしくない予感が当たり、その後まもなく、水は出なくなった。

それでも水は、ほぼ満杯に近くなっていて、里子は一応ほっとする。

だが、一回目の揺れ直後にガスも止まり、事態の重大さが現実を伴いながらジワリジワリと迫ってきていた。だが、携帯用のガス器具も十分使えること、電気は止まっていないことが、まだ二人の気持ちを楽なものにしていた。最初の地震、十四時四十六分から夕暮れまでは、普段より数倍、いやそれ以上にも思えるほど里子には短い時間に思えた。

そのうち、周りが暗くなり始めて、初めて思い出したように、均が片づけの手を止め、テレビを点けた。夕暮れになるまでは、外の様子に気を配りながら静かなことを確認しては、不測の事態に備えて、ふたりで思いつくだけの準備をしていた。そのこともあって二人にはそれまで、テレビを見るという余裕すらなかったのだ。

夕方、均がテレビを点けたその時間に、まず目に入ってきたのは、東京の帰宅騒動の様子、東京も地震の影響が大きかったのだ。地震の後、その震源地が東北と知って、東京は無事と思い込んでいた二人には、思いがけないことだった。電車が止まって、帰宅を急ぐ人たちで、道路は埋まっている。ほんの数日前、東京で大きな災害があったら、たくさんの帰宅難民が……という報道を見たばかりで、それが現実となっていることを知り、里子は愕然とした。保育園に預けている咲ちゃんは？　八重の家族は？　翔は？　どっと押し寄せてくる不安。

「それより、あした東京、行けるかしら？」

初めてそのことに気づいて、里子は夫に問いかけた。

「無理かもしれないなあ。とりあえず乗車券のこともあるし、駅に行ってくるよ」

「うん、そうよね、気をつけてね」

いつの間にか薄暗くなった道を、駅へと出て行く均の車を見送りながら、次第に小さくなって行くそのテールライトの光に、里子はどうしようもない心細さを感じていた。

しかし、その時はまだ、太平洋側海沿いの大津波のことも詳しくはわからず、その映像もまだ見ぬまま、テレビに映し出された東京の帰宅難民の様子だけを目を皿のようにして、里子は見守った。自分たちのことはそう大したこととは思わず、その時は、ただただ東京に住む子供たちへの心配が募り、何度かけても繋がらない携帯電話に焦りを感じながら、その時里子の心は、重く沈んでいくばかりだった。

「駅舎は、クローズになっていたよ。駅構内に立ち入らぬよう張り紙が出ていた。明日の東京行きはたぶん無理だな。それでもチケットのことがあるから、明日もう一遍、朝一番で行ってみるよ」

二十分程して、最寄りの駅から戻ってきた均が、複雑な顔でそう言った。

それからしばらくして、里子の携帯から、メールの着信音が鳴った。

そこに息子翔からのメールが届いていた。飛びつくように里子がそれを開いてみると、

『携帯が、繋がらないなあ!』

とだけの文字。それだけで、息子のただならぬ心情を表していた。

急いで里子が無事を知らせるメールを送ると、幸いすぐに翔に届いて、いつもの翔らしい明るい返事が戻ってきた。翔は今日、幸いにも自宅で仕事をしていて、無事、家にいるとのこと。

彼は大学を卒業後、外資の会社に勤めて、もう十年以上になる。今ではかなり自由がきく仕事をしていて、自宅で仕事をする場合もあると、里子は聞いていた。

(やれやれ良かった!)

均と里子はひとまず、ほっとした表情で互いを見つめる。

(それなら八重は?)

里子はすぐにもう一度、明日、会えるはずだった娘の八重に、今度は安否を確かめるメールを、携帯電話から送信した。いつも緊急の時はすぐに、八重は返信を送ってくるはずだが、それも来ない。里子は次第に心配が募るばかり……。しかたがないので彼女は、ふと外の様子を見ようと、一度閉めたカーテンを少しだけ開けた。すると、その向こうにはそれぞれ近隣の家の、静かな明かりがちらちらと見えた。それは昼間のことが、まるでうそのように思える温かさで、里子の目に入ってきた。そしてそれが、里子の心に少しだけのゆとりを引き戻してくれた。

点けっぱなしのテレビは、東北の映像に変わり、宮城県の火力発電所の、火災のニュースを報じていた。大変なことになっている。リアルタイムでの報道には、大津波の映像はなく、太平洋側で起きていた重大な出来事を、二人はまだほとんど知らずにいた。それにもかかわらず、地震のあった時間、津波は里子たちの住む浜通り地方の海岸にも押し寄せ、多くの住人が大切な家族を失ったり、家を流されたりしていたのだ。けれど、それもまだ、里子たちの意識の中では遥か遠いことだった。

何と言っても、娘家族の安否がまだわからない。そのことで、上村家にはますます重い空気が漂っていた。

そんなときやっと、八重からメールが入る。

『大丈夫よ。今日は出張で、東京ビッグサイトにいました。今歩いて帰っています。咲は大丈夫。パパが保育園まで迎えに行って、今一緒におじいちゃん家《ち》にいます』

里子は、先ほどテレビ画面で見た東京の様子を思った。歩いて帰宅する人の波の中に、八重もきっといるのだろう。それでも、大勢の人たちと一緒なら安心と、均と共に里子はひとまずほっとする。

子供たちと連絡が取れたことで、一息ついた均が思い出したように言った。

「さっき駅まで行った時も、周辺に特に混乱はなかったよ」

ひとまず子供たちの様子がわかって、重苦しかった二人の間の空気が、自然と和らいだ。

「もう暗いから、正確な被害の程はわからなくても、騒ぎがなかったなら今は落ち着いているんでしょうね」

駅までの道々には、特に混乱がなかったことで、二人の間にはその時点での危機感は、まだ薄かった。けれど時間とともに、その思いも変化して行くことになる。

ふとその時、昼食の後からずっと何も食べていないことに、二人は気づいた。里子は急いで夕飯の支度をすると、二人でテレビを見ながら食事をした。

それが済むと、里子は改めて貴重品を確かめた。もしもの時のために、すぐ持ち出せるようにと、昼間片づけをしながら用意したものだ。家が無事なのだから、取り越し苦労とは思ったが、とりあえず思いつくままに準備だけはしておいた。いくつかのカバンに、数日分の着替えや、その他、思いつくものも詰め込んだ。その数個のカバンを一か所に集めて、ほっと、里子は一息つく。

そのうち、やや遅いテレビのニュースで、断片的に、昼間、大津波で大変なことが起きていることを知る。でもやはり、心配は子供のことだ。

（そうだ！　八重は？　無事帰りつけるかしら？）

また心配になって、里子はメールを送信する。

やはり、普段よりずっと長い時間待たされたが、それでも、八重からの返信が届いた。

『大丈夫。お兄ちゃんが調べてくれて、今、動いている電車に乗ったりしながら、まだ帰る途中。きっと、今夜中には着くと思うから』

結局八重は、真夜中、日にちが変わらぬ前ぎりぎりに、夫の学《まなぶ》と娘の咲の待つ豊島区の両親宅に身を寄せたと連絡が来て、やれやれと均と里子は床に就いた。

しかし、揺れはその後もずっと続いていた。二人は念のため、普段着のままベッドに入っていたが、夜中に何度も大きな揺れを感じ、その度に目を覚ますといった有り様だった。昼間のショックが余りにも大きく、知らず麻痺していた二人の脳が、少しずつ覚醒してきて、これはいよいよただ事ではないと感じ始めていた。

地震の翌日、早朝、その日上京する予定で、すでに買っていた切符をキャンセルしようと、電車の出発時間よりかなり前に、均は駅に向かった。その後間もなく、車庫の方で、彼の車のエンジン音がするのに里子は気づいた。その予想以上の早さに、彼女は駅舎が閉まったままだったことを、すぐに悟った。

「駅は、昨日と同じだったよ。誰もいないし、立ち入り禁止だ。倒壊の恐れがあるって、そのまま張り紙がしてあったよ」

里子が思った通りだった。楽しみにしていた上京の予定は、ふいになったのだ。

「駅舎が倒壊の恐れありって、じゃあ、しばらくは使えないってことよね」

里子も少しは予想をしていたが、もしかしたら大丈夫なのではと、多少の期待も持っていたのだ。しかしその期待も、今は裏切られたことが決定的になって、里子は心からがっかりした。

その日から、東京行きの予定で職場には、きっちり三日間の休みをもらっていた。隣近所も被害は表立って見える所もないし、何だか気の抜けた、安堵感のようなものに包まれながら、さて、これからどうしたものかと思案した。

外は穏やかに晴れて、春特有の霞がかかったような景色で、普段と何も変わらない、平和な一日が戻ったかに見えた。とはいえ、相変わらず余震だけは続いていた。

そんな中で、水とガスといったライフラインは止まったままで、回復する様子はなかった。

里子は貴重な、汲み置きの水を大事に使いながら、その日も、均とささやかな朝食を済ませた。水を大事に使うためには、たとえば、汚れた食器は洗う前に一度紙で汚れをふき取り、洗い水をできるだけ汚さぬようにして、その水をトイレ用にも使うといった具合だ。里子は日頃、全ての家事に何気なく使っていた水だが、それができなくなって初めて、改めて水の大切さや便利さを思い知った。

外では市の広報車が、給水車の停まっている場所の呼びかけをしていたようだが、とりあえず水は足りているため里子は出かけては行かなかった。

里子がニュースを見ようとテレビを点けると、その時民放局では、何やら白いものが浜通りにある原子力発電所の一号機から上がっていると、報道されていた。

「何かなあ?」

と、均と里子は気になったが、チャンネルを切り替えても、他の局では、そのような報道はされていなかった。

「いやだね、何だろうね」

と、里子はふと、胸騒ぎを覚えはしたが、しかし、全く経験したことのない事態で、この時すでに起きていたことを、想像することすらできなかった。

とりあえずすることもないので、昼食の後、二人は外へ出てみた。ちょうど隣家で人影が見えたので、里子が声をかけて覗いてみると、里子よりずっと若い吉田さんの奥さんが、やはり心配顔で表に出ていた。彼女は里子に気づくとすぐに近づいてきて、二人は互いの無事を確認しあった。

「怖かったわねぇ!」

里子が言うと、

「私はね、スーパーで買い物してたんですよ。家のことが心配で、車、飛ばしたんだけど、途中でも揺れが来て……」

と話す吉田さんの顔には、その時の心情が溢れていた。

「お家《うち》、大丈夫だった?」

と里子。

「ええ、大きな被害はなかったんですけどね、二階はいろんなものが倒れて、クロスにも亀裂が入っちゃって」

最近新築したばかりの吉田さんは、きっとまだ、ローンも抱えているだろう。里子は本当に気の毒に思った。

「何だか、第一原発の方で白い煙が見えるって、さっきテレビの民放局で言ってたけど」

と、里子が言うと、

「一号機が爆発したとか、聞きましたよ」

どこからか耳にしたと、吉田さんが言う。

「怖いわね、もしどこかに逃げるとしても、うちの車、ガソリンが足りないわ」

不安になって里子がそう言うと、

「うちもそう。で、わたしもスタンドに行ってみたんだけど、列ができていて。やっと入れてもらえても、十リットルとか、制限があるんですよ。でも、もしそんな事態になったら、市からのバスとかが出るんじゃないかしら」

足代わりに使う車は、いつもなら、そう、ガソリンが少ない状態にはしてはいない。しかし、原油国の政変により、折からの世界的な原油不足で、その価格は高騰していた。そんな影響もあり、その時期、ガソリンが値上がりしていたのだ。上村家では、少しでも買い控えするなどして、値段が下がるのをできるだけ待つといった工夫で、何とか乗り切ろうとしていた。そうやって工夫をしているのは均や里子ばかりではなかった。一般の家庭では大なり小なり、マイカーへのガソリンの蓄えが不足気味だった。それに加え、スタンドでも余分なガソリンを、備蓄していなかったものと思われた。

そんなところに、大地震で高速道路が不通になり交通網が乱れ、スタンドへの供給が滞っているとのことだった。車のガソリンはどの家でも必需品で、ガソリンを求めて買いに走る人は増える一方で、どこのガソリンスタンドでも、車の行列ができていた。

そういう話を里子たちがしていると、ちょうど通りかかったもう一つ隣の家の、松島さんの奥さんが、塀の向こうで、つま先立ちをしながら首を長くして覗きこみ、二人の姿を見届けるとにっこり笑顔で近づいてきた。

彼女は里子より少し若いくらいだったが、里子たちが福島へ戻ってくる少し前に、この土地の住人になっていて、何かと仲良くしてくれた。

「怖かったわね、大丈夫だった?」

改めて同じ話で情報交換をしたが、別れ際には、もしもの時にとお互いの携帯電話の番号と、メールのアドレスを交換しあった。

「ガソリン、買えそうな所があったら、お互い、教え合おうね」

それぞれがそう言い、

「また、何かあったら、宜しくお願いします」

と、三人が声をそろえた。

ちょうどそこへ、近くの知人宅に行ってくると先ほど出掛けた均が戻ってきて、その知人の無事を確認してきたと、里子たち三人に話した。

均と里子は連れだって家に戻り、またテレビに見入った。今度はどこのテレビ局も、原発の様子を流していた。そこでは、大変なことが起きているようだ。

その時、里子の携帯からメールの着信音が鳴った。そこには、息子の翔からのメールが入っていた。

『どう? 変わりない? ところで家《うち》は福島の原発から、何キロ離れてるんだっけ? もしかして三十キロとかじゃない？』

「お父さん、翔からだけど、ここから原発まで、どれくらい離れてるかしらね」

里子が、均に聞いた。

「だいたい、五十キロくらいじゃないか」

均の言葉を聞いて、里子は翔にすぐ返信する。

『違いますよ。五十キロぐらいかな』

『そっかあ、よかった、よかった』

翔からの返事が届く。

それにしてもはっきりしない。翔は何が言いたいのだろう。里子は奥歯に物の挟まったような翔からのメールに、何かしっくりいかないものを感じて、また送信した。

『何で？　それがどうしたの？』

翔への返信メールを送った直後、里子の携帯電話から呼び出し音が鳴って、里子はあわててその携帯電話を耳にあてた。すぐに翔の声が、電話の向こうから響いてきた。

「もしもし、お二人、元気にしてますか？」

至って明るい、いつもの元気な声。里子はほっとして、嬉しさを隠しきれない。

「あのね、もしかしたら、そこから一時、避難することになるかもしれないよ」

翔が里子に言った。

「うん、一応いつでも飛びだせるよう、荷物はまとめておいてあるけれど。でも、とりあえず電気も点くし、水も食料も燃料もあるんだけど、どうして？」

「そこの原発が、やばいことになってるみたい。まあ、うちはそこから五十キロ離れてるってことだから、心配ないと思うけどね」

翔の声は母を刺激しないよう気遣ってか、とても明るく聞こえる。

「そうなの？　でも何だか怖いわね」

そう、不安そうに返事をする里子に、彼は、

「ま、何かあったらまた連絡するから、大丈夫だよ」

と、元気よく言って、

「じゃあね、いつでも動けるよう準備だけは、しといた方がいいよ」

と、それとなく念を押しながら、その電話は切れた。

いつの間にかパソコンを開いて、新しい情報を探しながら、里子と息子の電話のやり取りを傍で聞いていた均は、

「翔、何だって？」

と里子に聞いてきた。

「よくわからないけど、原発が大変みたい。もしもの時のために、荷物はまとめて用意しておくようにって」

「うーん、原発、大変かもね。まあここは、五十キロは離れているからなあ」

均はそう言いながら、インターネットでの情報を探し出そうと、一心にパソコン画面を見続けていた。またすぐに翔からメールが入ってきた。

『そう言えば、携帯よりもパソコンのEメールの方が、今は早く確実に届くから、連絡しあうのはそちらの方がいいかも』

『了解、時々見ます。翔君も気をつけて』

すぐ、里子からも、返事を送った。

その後、二人でテレビを見ていると、徐々に入ってくる海側の被害の大きさに、里子は言葉を失った。多くの犠牲者が出ているという。

翔との電話やメールでのやり取りをしているうち時間が過ぎ、午後もだいぶん回った頃、何やら遠くで声がしてきた。外を覗くと、市の広報車が見えてきた。

「直ちに、みなさん屋内退避をしてください」

拡声器から聞こえてくる声は確かに、屋内退避を指示している。

「えっ、屋内退避ですってよ！」

里子は反射的に、今開けたガラス戸を閉め、パソコンの前の均に言った。

（いったいこれから、どうなるのかしら）

里子は未知の不安に、気持ちが沈んだ。しばらくして、ガラス戸越しに外を見ると、犬の散歩をしている人がいる。

「あの人、放射能大丈夫かしら」

里子は心配になって、均に言った。

ただその時、原子力発電所から漏れ出ているかもしれないという、放射能の正体を詳しく知っている人が、どれほどいたのだろう。目に見えない物に対しては、つい知識のなさから無防備になるのは、仕方のないことだったのかもしれない。

その夜には、均と里子も、ますますテレビ画面から目が離せなくなってきた。

専門家が、原子炉内の構造についての、今までに見たこともない構図を示しながら、難しい説明を繰り返し始めた。

やっと二人にもその状況がわかるようになり、事態はだんだん深刻になってきていることを肌で感じた。

地震から三日目の朝、また翔からEメールが届く。

『ところで今、車にガソリン、どのくらい残ってる？』

と、ガソリンの状態を聞いてきた。

里子はすぐに、ガソリンはタンクに半分しかないことを知らせる。

『そっかあ、了解』

後は何の音沙汰もない。そんな時、八重からのメールがパソコンに入ってきた。

『お二人とも、その後元気にしてますか？　こっちはみんな元気だから安心してね。それから、こちらのお義父さんからだけど、お二人、もしよければ那須の別荘に、一時避難したら、とのことですよ。いつでも使えるよう、管理人さんには連絡を入れておくので自由に使ってくださいって。但し、入口の門限というのがあって、五時までにということですけど。別荘への入口が閉まっちゃうと、誰もいないんですって。もしその気になって、詳細が決まったら、ご一報ください』

ちょうどその時、パソコンでメールをチェックしていた里子がその八重のメールに返事を送った。

『ありがとう。とても嬉しいんですけれど、今のところ、那須の別荘まで辿り着けるだけのガソリンが、車には入っていません。途中でガソリン切れになっても困るし、そのうちお願いすることになるかもしれませんが、お義父さんにはくれぐれも、宜しく伝えてね』

東京の、八重の娘婿の実家には、那須に別荘があって、両親が週末になると車で足繁く通い、孫の咲に食べさせるのを楽しみにいろいろ作り育てていた。それは無農薬で、珍しい野菜などもあった。たくさん取れると、東京の家で近隣の人たちにも配って喜ばれ、その温厚な人柄に八重の幸せが伝わってきて、均も里子もいつも心安らかでいられたのだ。

その日も、水とガスを大切に使いながら、里子は昼食の用意をした。電気はそのまま一度も止まることがなかったので、とても有難かった。米はたっぷりと買い置きがあったし、御飯があれば、何とかなる。米があって、炊飯器も使えるということが、里子にはとても心強かった。おかずはできるだけ、調理時間を抑えて作りさえすれば、まだ携帯用のガスボンベも四、五本はあるので、それも心配はなかった。

昼が過ぎて、その後も一向に進展の見えない事態に、里子の心も塞ぎがちになってきた。

その時均が、

「ちょっと、スタンドに行きながら、他所《よそ》を見てくるよ」

と、言った。里子は、

「今は、家から出ない方がいいんじゃない？」

と、心配そうに言う。

屋内退避の解除がないのに外に出るということに、里子は気が気ではなかったのだ。

「車の中だから大丈夫だよ。このままじっとしていても仕方ないし、ついでにちょっとだけ、辺りの様子も見てくるよ」

と、心配顔の里子にそう言うと、均は出て行った。

一人でいると次第に心細さが募り、均と一緒に行かなかったことを里子が後悔し始めた時、家の固定電話が鳴った。震災以来、初めて、部屋に響くその音だった。

「もしもし、わたし。あんたたち大丈夫？　やっと繋がったわ」

その懐かしい声に、里子は嬉しくなった。

「あ、お義姉さん！」

それは、山陰に住む均の兄嫁、晴子《はるこ》からの電話だった。

「まあ、大変なことになってるねぇ！　おとといからずっと、電話が繋がらなくて」

「すみません、こちらは二人とも元気にしてます。東京も大変だったみたいで、でも子供たちも無事で、翔も八重も帰宅難民にはならずに、何とかその日のうちに帰り着いたようです」

「そう、それならよかったねぇ。それでも、そっちは大変なことじゃない、いろいろ大丈夫だったの？」

電話の向こうで義姉の晴子が、里子の声が聞けたことで、本当に安心している様子が伝わってきて、里子はみんなに相当心配させていたことを、その時初めて知った。

上村家のある場所は、浜通りでも海から遠く離れた山際の高台にあり、津波の心配は全くなかった。だから、地震発生から間もなくの、早い段階で報道された津波の映像を、遠くに住む親戚、知人たちが息をのんで見ていた頃、里子と均はその映像を全く知らず、ただ自分たちに降りかかった事態の修復に、没頭していたのだ。まさか、皆が自分たちの安否を、それほど深刻に案じているなど思いもしなかった。

里子はこれまでの経緯を、晴子に詳しく話して聞かせた。そして今、均がガソリンの調達に行っていることなども話した。

「とりあえず、安心しました。あははは」

晴子の明るい声だった。続けて彼女は、

「みんなも心配してるから、私から、親戚には一応連絡しておくからね。そうそう、思ったのだけど、あんたたち、しばらくこちらに帰ってきて、均ちゃん、魚釣りでもしてのんびりしたら?」

思いがけない、晴子からの提案だった。里子はまさか、そんなことまでとは思ったが、義姉の優しい言葉に感謝しながら、

「ありがとうございます。またその時はお願いするかもしれないけど、今はとりあえず大丈夫ですから、心配しないでくださいね」

と、丁寧に受話器を置いた。

しばらくすると、表で車の音がした。そのうち、玄関の扉が開く気配がして、均が帰ってきた。

「スタンド、すごい行列ができていて、だめだったよ。諦めてちょっと遠い所にも行ったんだけど、そこはもう閉まってた」

「じゃあ、走っただけ、ガソリン無駄になっちゃったわね」

そうがっかりする里子に、

「そうだなあ」

と、残念そうに均は返事をした。

「ついでに、スーパー近くにも寄ってみたけどね、そこも、何だか人の列ができていたよ。みんな、水やら食料やらを買い出しに出てるみたいだね。店は閉まってはいなかったよ」

均と里子二人だけでの生活には、まだ食べる物も十分あったが、家族の多い家庭や子供のいる家庭は大変だろうなと、里子は均の話を聞きながら思っていた。

均の偵察報告を聞き終わると、里子は思い出したように彼に言った。

「そうそう、晴子お義姉さんから、さっき電話があって、すごく、こちらのことを心配してくださってたわよ。ずっと電話が繋がらなくって、本当に、みんな心配したみたい。我が家は高台だし、海からずっと離れてるからって話したら安心してらしたけど、あなたに、こちらでしばらく釣りでもしながら、のんびりしたらって」

「ふーん、まさかな」

均は苦笑いしながら、そんなふうに言った。それというのも、その時にでさえまだそこまでの危機感は、二人にはなかったのだ。

今のような状態は、おそらく数日のことだろう。今まで聞いていた他所での災害でも、数日のうちには何らかの形で、良い方向に動いたはずだと、無理にでもそう思いたかった。けれど、度々テレビに映し出される原子炉の様子からして、現状はこれまでの災害とは、まるで違う様相を見せ始めていることには、間違いなかった。何か得体のしれない嫌なものを、均も里子もその時感じていた。それでもまだ、数日中には何とか修復の方向に進むと、二人は思っていたかったのだ。

くよくよしていても仕方がないので、均と里子はその夜は久しぶりに、とっておきの赤ワインで乾杯した。肴は冷蔵庫の有りあわせながら、ちょっと贅沢に使おうと、里子は久しぶりに材料を放出して調理した。

と言っても、ガスが出ないので、燃料は電気と携帯用ガスコンロのみ。野菜は白菜、ねぎ、ニンジンなど、その他はきのこ、豆腐、糸こんにゃく、そして、鶏のモモ肉をたっぷり入れて、鍋にした。土鍋の底には、肉厚の昆布もしっかり敷いて。だし汁に、酒、醬油、そしてみりんを少々入れた、まろやかな汁に鶏のモモ肉からのうまみが加わって、その野菜たっぷりの鶏鍋は、二人の大好物だった。そのスープを吸って、すっかり柔らかくなった昆布もまた、なかなか美味しいのだ。

ここのところずっと、備蓄の食料を少しずつ減らしていくように食べていたので、まるでその反動が来たかのような、この日の二人の晩餐だった。水も、野菜たっぷりの鍋なら、多くは使わないで済むことだし、とにかく食べて、元気を出さねば……。

（そうだ！　お揚げがあるし、明日は、均さんの好きな、『いただき』を作ろう）

一人娘八重と、その家族がいつも喜んでくれる特製の稲荷ずしを、たくさん作って持って行こうと、数日前に里子は、油揚げをずいぶん買い込んでいた。それでこの時、均の故郷で有名な『いただき』を、ふと里子は思い出したのだ。たっぷりとダシの出た鍋の残り汁で作れば、きっと最高の『いただき』ができると、彼女は思った。

その『いただき』というのは、均にとっておふくろの味、なのだそうだ。袋状にした油揚げの中に入れた米に、ゴボウ、ニンジン、鶏肉などを混ぜて、醤油味でダシの利いたたっぷりの汁で、コトコトとゆっくり煮込む。油揚げに包んで煮込んだ五目飯のようなもので、里子もいつしか、時々作るようになっていた。

しかし、ガスは携帯用のガスボンベが数本残っているだけなので、コトコト煮込むわけにはいかないが、幸いなことに電気はきているから電気釜で炊けばよい。

腹が減っては、戦はできぬ――そんなことを、里子はちょっとふざけて呟いた。

久しぶりに食べた、ちょっと贅沢な夕食で、だいぶん元気を取り戻した二人に、その夜、また翔からEメールで連絡が入ってきた。

『そちらの道路状況をチェックしたら、少しずつ、救援物資の車が、一般道から入って行ってるみたいだね。明日ぐらいには、ガソリンの供給車も行くみたいだから、きっと少しずつ状況は改善されるはずだよ』

里子はその翔からの朗報に、少しだけ明かりを見いだして、まだそう決断するほどの心構えはなかったが、とりあえず、八重からの提案を、翔にも知らせた。

『そうなのね😀　今朝ほどね、八重から、東京のお義父さんが、那須の別荘を使ったら？　と言ってくださってると、連絡がありました。でもまだ、そこまではしなくてもと、お父さんと話しています。今の時点では、ガソリンも全く足りないしね』

すぐ、翔からの返信が入る。

『えっ、そんないい話があるの？　それはぜひ、前向きに考えようよ。自分もとりあえず、そこに行くまでの良いルートを探すから』

里子はその時、とても複雑な気持ちになった。均も里子も、この時ですら、まだどこかに逃げるなどということは、考えたくなかった。水もまだ、数日は大丈夫だろう。原子炉の状態も誰か何とかしてほしい。里子はただ、そう祈るばかりだった。

翌日、地震から四日目が過ぎた。

昨晩思いついた『いただき』を、朝の食事で美味しく食べて、また子供たちからの連絡を里子がチェックしていると、Eメールに翔からの連絡が入ってきた。

『原発の状況が、だんだん厳しくなってきたね。そろそろ一度脱出のこと、考えておいた方がいいよ』

しかし、その時でもまだ、均と里子は屋内にいれば大丈夫ぐらいに考えていて、多少の不安はあったものの、きっと何とかなるだろうと思っていた。

お昼前に給水車が回ってきたが、里子はとりあえず、まだ行かずに済んだ。思った以上に、バスタブの水は減らなかったのだ。テレビからはコマーシャルが姿を消し、だんだんとその後の状況の深刻さが伝わってくる。里子の心にも、否応なく不安の影が広がってきていた。

そんな時、八重から、

『どうしてますか？　食べるものはありますか？』

と、パソコンへメールが入る。

『そちらに行く時、何か作って持って行こうと、張り切って買い物していたから、全く問題ありません。昨晩は、具だくさんの鶏鍋に赤ワインで、じいじと美味しく頂きましたよ。ガスは止まってるけれど、電気は点くし、ガスは携帯コンロがあるしね😀、安心してね』

と、里子は努めて、明るい返事を送った。すると間もなく、

『あら、意外とお二人で、サバイバルを楽しんでるのね😀』

と、八重からの返信を里子は受け取った。そんな八重に里子はさらに追伸で、

『そうそう、今のところ水の心配もありません。お父さんに言われて、お風呂にいっぱい、汲み置きしていましたから』

と、メールすると、

『さすがお父さん、安心しました😀　お二人とも気をつけてね』

と、八重からまた返信がきて、里子の心は次第に穏やかさを取り戻した。

震災以来、ずっと新聞が届いていないので、それも読むことができず、手持無沙汰の均が退屈して、傍で楽器の手入れをしていた。さすがにこんな時、のんきに音を出すのも気が引ける。それならばせめて手入れだけは、というわけだ。そんな均に、里子は言った。

「八重にね、バスタブの水のこと言ったら、さすがじいじですって」

それを聞いて、均はニヤリとした。八重は子供の頃、お父さんが大好きだった。そんな八重を均もとても可愛がった。さすがに最近は、大人同士のつきあいになってきたが。


そんな中、翔からのメールが、パソコンに何度も入ってきていた。安否を確かめるもの、ちょっと元気づけるものなど、いろいろだったが、メールの回数が増え、何か慌ただしくなる気配に、里子はただならぬものを感じ始めていた。

そしてついにそのメールに、両親をとりあえず何とか、そこから引っ張り出そうとする、彼の意図が見え隠れし始めた。

『僕の知りあいの友人で、福島の浜通りに住んでる人が、だいぶん前に一般道を、関東方面に向かって出始めたらしいよ。かなり道のりは険しい状態だけど、何とかそうやって、みんな動き始めたみたい。心の準備だけはしておいた方がいいよ』

里子は何ともコメントし難く、

『ガソリンがないんだもの、途中で車動けなくなったら、どうしていいかわからない😩』

とだけ返信した。

『ガソリン、だいぶん供給されたはずだけどなあ。みんなが殺到すれば、それも足りないのかなあ』

翔はその時、いろんな情報網を駆使して両親の最善の方法を探っているようだったが、お互い離れ過ぎていて、なんともし難かった。ガソリンが供給できる所があるという情報もご近所さんたちからもないままに、均も、今あるガソリンを少しでも温存しておかなくてはと、無駄な外出は控えた。

全く進展のないまま、五日目を迎えた。気づけば震災以降、入浴もできない状態が、その日にちだけ過ぎたということになる。

身体は拭けば何とかなるが、髪を洗えないことが、やはり二人には辛くもあった。入浴は、風邪でも引いてそれを控えない限り、今まで一日として欠かすことはなかったが、まだ本格的な春がくる前とあって、何とかその苦行を二人は凌いでいた。

五日目には、屋内退避という指示は、何となく解除されたようだったが（それでもはっきりとはわからず）、用のない外出はできるだけ控えた方が良いと、暗黙の空気が流れていた。夕方、翔から再びEメールが届いていた。

『車はもう諦めて、僕が飛行機のチケット押さえるから、その方向で考えてみたらどう？』

均と里子にとって、考えもしないことだった。ちょうど、パソコンの着信メールをチェックしていた里子がそのことを均に伝えると、けんもほろろに、

「そんな必要ないよ」

と、一蹴された。

二人にとっては余りにも突拍子もない、息子からの誘いだったのだ。いつでも飛びだせる準備はしていたものの、気持ちが全く伴っていなかったと、そういうことだった。あくまでも、近隣との歩調を合わせるのが第一で、自分たちだけで行動を移すことは、その時、均の選択肢にはなかった。

『お父さんが、その必要ないって言ってるから。もう少し様子見ます』

里子はそう、翔に返信した。

『了解、じゃあ今回はもう少し様子見だね』

という、翔からの返事だった。


六日目、朝また、翔からのメールが入っていた。

『今、通行できる場所を記した地図を送ります。ガソリンが大丈夫だったら、それも検討して、那須の方に行くかを考えた方がいいよ』

『ガソリン、まだ駄目です』

早速、里子は返信する。

間もなく、翔からの返信が来た。

『じゃあ、また飛行機押さえようか？　と言っても、脱出する人が増えてきて、飛行機取るのも厳しくなってるんだよ。でもまだ、今だったら何とかなるよ』

『大丈夫よ、ずっと余震は続いてますが、何とかなるわよ、きっと。もしもの時にはみんなで、バスで脱出ってこともあるって、聞いているしね』

里子は急いで、パソコンのキーボードを叩く。

『そかそか、でもね、頭に入れておいてください。バスでということになったら、やっぱり、子供や若い人が先だよ。悪いけど、お二人さんなどは後回しになることを、覚悟しておかないとね』

そんな、思いがけない翔からのメッセージに、

『ふーん、そうなんだあ、でもしかたないよね』

と、里子はパソコンのキーボードを叩きながら、思いもしない事態への進展に、ふと心が揺れるのを感じた。当たり前のことだと思う。子供が第一、そしてその親は当然だろう。命にかかわる非常事態ともなれば、お年寄りを大切になんて言われても、それはやっぱり、若い人たちに譲ると思う。

「お父さん、翔がね、また飛行機取ろうかって言ってきたけど」

里子は、心の動揺を抑えきれず、均に打診してみる。

「今ここから出て行くの？　まだどんなふうになるのかもわからないのに？　だめだよ。そんなにあわてて、結論出すことないよ」

やはり均は、ここから離れ難い気持ちでいる。

「うん」

里子も複雑な気持ちのまま、その話は終わりになった。

けれど、そう言えば、ここのところ八重からも、翔ほど頻繁ではないけれど家から一度離れてみたらと、やんわりとした誘いが来ていた。

『じいじとばあばでうちに来て、咲と遊んだらいいじゃない。少し考えてみてね』

『お兄ちゃんの言うとおりにしてみたら』

など、そんな内容の携帯メールの回数が増えていた。

里子がそんなことを考えながら、その日夕食を済ませて、均と一緒にテレビのニュースを見ていると、テーブルの上で携帯電話が鳴った。翔からだった。

「もしもし飛行機だけど、福島空港からの羽田便は、もう取れないけど、名古屋便だったら、今二人分、仮押さえしてあるよ。どう？　明日福島発十二時、お昼だね、二時間ほどのフライトだけど、一度そこから出てみたら？　それから八重のところに、新幹線で行ったらいいじゃない」

「え？」

里子はしばし混乱した。すぐ気を取り直すと、

「福島空港まで、どうやって行くの？　車に、そこまでのガソリン入ってないのよ」

「ああ、それ大丈夫だよ。調べたんだけど、今、湯本駅前のバス発着所から、福島空港までのリムジンバスが出てるから」

里子は全く知らないことだった。飛行機という話が翔から出た時、空港までどうやって行くかが大問題であり、端から無理なことだと思っていた。

「ちょっと待って、少し考えさせて」

「ハイハイわかった。じゃ、あとでね」

　電話は切れた。

　里子は慌てて均に翔からの電話の内容を話して、すかさず言った。

「ねえお父さん、子供たちの言うこと、聞こうよ。とりあえず一度、ここを離れてみてもいいんじゃない。咲ちゃんにも会えるし。空港まではね、今、湯本駅からリムジンバスが出てるんですって」

　もし、今夜すぐということであれば、里子もそうは考えなかった。でも、あと一晩ある。少しは心のゆとりも持てた。

「じゃあ、そうするか？」

　均にも、少し心の変化が現れたのか、今度は里子の考えに従う様子を見せた。まだ二人、少しは迷いを残しながらも、向こうできっとやきもきしているであろう息子のことも考えて、里子はすぐに携帯電話から、メールで翔に飛行機の予約を頼んだ。

　翔からの返信は早かった。まるで向こうで、今か今かと待ち構えていたかのようだった。

『了解、じゃあ福島空港発名古屋行き、明日、昼の十二時出発を二名、本予約にするからね。費用は心配しなくていいから。うちの会社が全部持ってくれるから。バスの領収書もらうの、忘れないで』

『はい、お願いしますね、ありがとね』

震災から六日間、葛藤の末の二人の決断だった。

一応、もういつでも出られる準備はしてあった。でもそれにしても、現実にそんなことになろうとは。里子はまだ信じられない思いでいた。

しかし、ぐずぐずしてはいられない。時計は十九時を回っていたが、情報を交換しようと、約束していたお隣さんたちに里子は電話を入れた。

「こんばんは。上村ですけど、実はね、東京の息子が、飛行機のチケットを取ったから、一度家を離れるように言ってきたの。それで、明日私たちは早朝にここを離れます。ごめんなさいね」

里子は心からすまないと思い、自然、声が沈む。

「ああ、そうなんですね」

電話の向こうから聞こえてきた、元気な吉田さんの声に、里子はますます申し訳ない気持ちで胸がいっぱいになる。

「良かったじゃないですか。私たちも、考えてるんですよ。で、福島空港まではどうやって？」

「湯本駅のすぐ近くから、今、リムジンバスが出てるんですってね。知らなかったんだけど、子供が調べてくれて」

里子が言うと、

「あ、そうそう、そんなこと聞きました。お気をつけて行ってってください」

彼女の温かい言葉に、里子はいっそう心苦しさが募った。でもみんなが、何かを考えているということもわかった。意外と自分たちは呑気だったのかもしれない。そんなふうにも思えてきた。

普段つきあいのある近隣の人たちに電話を済ますと、里子は少しだけ心が軽くなった。その夜ベッドに入ると、里子はまた、一度決めたことを躊躇した。そこで、枕元に置いた携帯から、

『やっぱりやめようかな』

と、翔にメールを入れてしまった。我ながら、何と往生際の悪いことと思いつつも、まだ、一歩が踏み出せそうになかった。すぐに翔から返事が来た。

『だめだめ！　いまさらもう駄目だよ』

今までの、それとなく誘いをかけてくる、やんわりとした彼の言葉とは思えないほど、きっぱりとした命令口調だった。彼のメールには、それほどの緊迫感が満ちていたのだ。

『わかりました』

そう返信すると、里子は、翔との綱引きに勝負がついたことを悟った。

やはり、今はとりあえず、均も里子も覚悟を決めるしかなかった。

脱出

明くる朝、早朝、携帯のベルが鳴った。

『おはよう！　もう、起きてますか？』

翔からのメールだった。

彼が、一緒に住んでいた高校生の頃まで、朝起こすのは、母である里子の役目だった。

そんな息子に、今、里子は起こされた。と言っても、すでに里子は目が覚めていて起きようとしているところではあった。

冷蔵庫の中はさすがに、残り物も少なくなっていた。もし、このままここに留まるとしたら、今日、明日には、スーパーに買い出しに行かなければならないだろう。果たして、スーパーが営業しているのかどうか。ほぼ一週間前、鍋やバスタブに汲み置いた水で、今日までの全てが、何とか賄えた。冷蔵庫の食料も、充分足りた。幸い雨露を凌ぐ家が、しっかりと確保されていたこともあるが、震災後の生活を全て、自力で賄えたというのは優秀だろう。

でも、これからはわからなかった。やはり、外の進展が遅すぎた。そんな時、救いの手を差し伸べてくれる子供に甘えるのは、まあいいこととしよう。

里子はそんなことを考えたりしながら、どれだけの留守になるのか、見当もつかないまま、黙々と出発前の片づけと準備に余念がなかった。

翔が調べてくれた、リムジンバスが出発するという最寄りの駅は、上村家から歩いて二十分ほどのところにあった。午前七時出発ということなので、六時半には家を出ようと玄関に降り立った均と里子だったが、その場で里子は改めて、どうしようもない寂しさを感じた。そして、誰かに語りかけるように、

「ごめんね、しばらく留守にするけど、また帰ってくるからね」

均とやっと建てた、大切な自分たちの家に、小声で別れを告げた。

その時、朝まだ早い住宅街の静かな通りは、急ぎ足で歩く二人の姿だけだった。少しだけ朝もやのかかったその中を、二人はまるで逃げるように、駅へと向かった。

リムジンバスを待つ人は、長い行列を作っていた。まだ早朝にもかかわらず、自分たちの前にこれだけの人が並んでいることに、均と里子は驚いた。やはり一度ここを出ようと決めた人たちなのだろうか。そしてそのために、福島空港へ向かう人たちなのだろうかと里子は考えた。

思えば、震災のあった一週間前の日から、ほとんど家を出なかった二人は、外の様子を知る手段と言えば、子どもからのメールだけ。自分たちの身の回りで、一体今何が起きているのか、他所の人たちは何を考え、何をしようとしているのか、全くわからなかったのだ。それでも隣人たちと歩調をあわせ、情報を共有しようと考えた。お互いの知っていることを教えあうことで、その不安を取り除こうとしていた。結果的には、一緒に行動を起こすことはできなかったが、個々の家の事情というものもあり、それは仕方のないことだろう。

それにしても、これだけの人たちがバスを待ち、ここから出て行こうとしていたとは。やはり、何かが起きているに違いない。里子はそう確信した。

出発の時間が迫ってきて、バスの乗降口が開き、係員が一人ひとりから乗車料金二千円を集め始めた。里子は二人分、四千円を払って乗り込んだが、乗車料金を払ったその時、翔に言われていた領収書のことは、すっかり忘れていた。二人は奥の空いている席を見つけると、急いで座った。そこから何気なく見渡すと、若い人の姿もちらほら見えるが、どことなく裕福そうな年配客が多い気がして、ふと里子は思った。

(何だか、土地の人ばかりじゃない気がする)

そういえば里子は以前、ここは東京からも近いとあって、同じく定年後に住みついた人がかなり多くいると、誰からか聞いたことがあった。もともとは地元の住民ではないが、その環境に惹かれて移り住んだ人たち。そういった人たちが、思ったより重くなりつつある今の事態を、外からの情報で判断し、ここで動き始めているのかもしれなかった。

それにもっとずっと早く動いた人たちも他にいたのかもしれない。この時バスに乗った人たちは、均や里子と同じように重い腰をやっと上げた人たち、おそらく、そんなところかも知れなかった。とりあえず一度、ここから出ようと考えた人たちだったのだろう。

バスが、ほぼ満席の乗客を乗せて動き出した。

ほとんどの人がマスクを着用している。均も里子もしっかりとマスクをしていた。

途中ガソリンを給油するため停車したところでまた、数人が乗り込んできた。これからも客を拾いながら行くのかもしれなかったが、里子はその場所が、自分の家よりだいぶん原発に近い場所であることに気がついた。福島空港に向かうには、そこを通るしかないのだろう。放射能の汚染はどうなのだろう。

里子はバスの前の扉が開いて、外の空気が入ってくる時、得体の知れない不安でいっぱいになった。そんな里子の心配をよそに、バスは順調な走りでほぼ定刻通り福島空港に辿り着いた。

翔からは、家を出発したらその時々の写真を撮っておくように言われていたが、二人はすっかりそのことも忘れていた。

空港に着くとまず、翔からインターネットで送ってもらってコピーした、搭乗券の予約を示す用紙をカウンターに持って行った。そこで搭乗券をもらうと、空港での準備が完了したことを、翔にメールで知らせた。しかし、やれやれの想いからまず一番に里子がしたのは、注文して並んだ昼食の写真を送ったこと。すぐに翔から、呆れたと言った風のメールが届いて、そちらの人々の今の様子が知りたいんだからと、叱られてしまった。欲を言えば、朝のバスに乗り込む時の様子から、知らせて欲しかったとのこと。そうは言ってももう後の祭りだ。とにかく今朝は慌ただしく、生のごみを出さないよう、冷蔵庫のチェックと、しばらく留守にする部屋を整えることで、二人はまともな食事もできなかったのだ。そのため、空港のレストランでの、あったかい味噌汁にご飯、そんなシンプルな食事が、今の均と里子にはまるで身体に染み入るようで、本当に美味しかった。均も、食後はお茶を飲みながら呑気に眼鏡を拭いている。

しかしその日、辺りは異様な雰囲気に包まれていた。

普段は観光客や、楽しげな人々で賑わっているはずの空港ロビーは、マスクをした人たちでごった返し、笑顔で会話する人はいなかった。真剣な表情でチケットを握り、出発時刻を掲示板から確認する人、大きな荷物を預ける人、誰もが何か不安に取りつかれたような、それでも、ここまで辿り着けたことに少し安堵したような、ほっとした表情をしていた。里子は先ほど翔から、飛行機に乗り込んだらすぐ連絡するように、とのメールをもらっていた。彼は両親が、無事飛行機に搭乗を済ませた時点で、新幹線に乗り込み、名古屋へ向かうと言うのだ。そちらで待っているから心配しないで、ということだった。新幹線で名古屋までは二時間、飛行機とほぼ同じに着く。翔はそう考えているのだろう。

里子は現金なもので、翔に会えると思うと次第に、嬉しさでいっぱいになった。今までのことが、つい現実ではないようにも思えたし、ここ一週間ほどの出来事がとてもスリリングなものにも思えて、不思議な気分を味わっていた。


飛行機は福島空港を順調に飛び立ち、予定通りのフライト時間を経て、無事、愛知県の中部国際空港に降り立った。

「あれ、お父さん、ここ小牧の空港じゃないわよね?」

およそ二十年前、均の転勤で、彼らは名古屋での生活を送っていたのだ。今降り立った空港は、その時見憶えていたものと違う気がして、里子は均に尋ねた。

「うん、その後できた、新しい空港だね、おそらく」

二人はそんなことを話して、翔に無事着いたことをメールで報告。翔からすぐ返信が届いた。

『セントレア(中部国際空港の愛称)に着いたんだね。自分はまだ新幹線の中。もうすぐ名古屋駅に着くよ。そちらも、名鉄で名古屋までのアクセスがあるから、ちょっと探してみて』

均と里子は空港ターミナルに着いて、表示されている方角に従って進み、探すと、すぐに名古屋行きの電車がホームに止まっているのを見つけた。二人はチケットを券売機で買うと、それに急いで乗り込んだ。

『電車、わかりました』

里子が、翔にメールすると、

『了解、自分も今着いたところ。そこからは、だいたい三十分ほどで、名古屋に着くと思うよ』

彼からすぐに、返事が来た。

「名古屋駅まで、三十分ほどですって」

里子は、隣に座る均にそう伝えた。

間もなく電車は動き出し、それは滑るような走りで、乗り心地は快適だった。そして、その電車の両側のすぐ近くには、海があった。

しかし里子は、いつか知らず、自分の心臓の鼓動が不安に動き出すのを感じた。

（どうしたのかしら）

中部国際空港、通称セントレアは、愛知県常滑市沖の伊勢湾の海上に浮かぶ、人工島にあった。そこから名古屋駅までは、名鉄常滑線で繋がれていた。まるで海に浮かんで走るような、そんな景観は決していやなものではないはずだったが、なぜか、里子の心は落ち着かなかった。それが、一体何によるものなのかは、その時、彼女にはわからなかった。

翔の待つ、名鉄線の名古屋駅に、二人は無事辿り着くと、翔はいないかと辺りを見回した。だが、生憎、それらしき人物は見当たらない。今日はどんな格好でくるのかなあ、なとど、正月に会ったきりの息子の姿を思い浮かべながら、里子はきょろきょろと捜す。

そんな里子の後方に、彼は突然その姿を現したかのようなタイミングで、後ろからポンと母の肩を叩いた。何事もなかったかのような、翔のちょっと悪戯っぽい笑顔に、

「あら翔ちゃん、やっと会えたわね！」

里子は嬉しそうな声を上げた。

均はその傍で、ちょっと照れくさそうな顔をして、翔に目だけで合図した。

翔は二人に、

「どう？　大変だった？　これで、この度のミッションは終了！」

と、おどけてみせた。それからすぐに、

「さてと、これから大阪へ行こうか」

と言う。

里子はその言葉に驚いた。いつもの冗談だと思いながらも、慌てて、

「東京でしょ？　八重のところに、行くんじゃないの？」

と半ば本気で、翔に抗議した。それでは話が違うと思ったのだ。里子たちは孫の咲に会うのを、とても楽しみにして出てきたのだから。

「うーん、東京ねぇ。実は、東京には、今日は行かないんだ。大阪の素晴らしいホテルに、お二人の部屋を準備してあるから、今日はそっちに行くよ」

と、さらりと言った。

「えっ、何それ、うそでしょ？」

母の動揺に、翔は驚かせて少しは悪いと思ったのか、その時初めて真面目な顔をして説明した。

「本当だよ。実はね、東京も安全とは言えないんだ。うちの会社の命令で、今は仕事より、まず家族の安全を、という指示が出てるんだ。で、会社が全面的にバックアップしてくれているから、二人は何も心配しないで少しのんびりしてよ。観光のつもりでね。だから八

重にもできることなら、少し西の方に避難した方がいいよって言ってるんだけど、まあそのうち考える、って。咲ちゃんがいるしね、東京は心配だよ」

何ということだろう。それほどに大変な事態なのだろうか。まだ半信半疑の里子だったが、その時、里子の携帯電話が鳴って、それは八重からだった。

里子が、急いでそれに出ると、

「もしもし、うふふ、お母さん？　お兄ちゃんに、拉致されちゃった？」

と、八重の茶目っ気たっぷりな声が、電話の中から聞こえてきた。しかしそれは、まるで母のがっかりした気持ちを、全部察知しているかのような、ちょっとすまなそうな声でもあった。

やれやれ、二人の作戦だったのか——里子はそう思ったが、

「八重ちゃん、知ってたのね？　わかりました。お兄ちゃんに、しばらくお世話になることにするね」

里子はそこで観念して、そう八重に言った。

「うん、身体に気をつけてね。私たちも、ずっと前から行こうと思ってた沖縄に、みんなで行ってきます。でも少し準備期間がいるし、東京のお義父さん、お義母さんにも、一緒

に行きましょう、って言ってるんだけど、どうやらお二人は行かないみたい。やっぱり、おうち、離れたくないわよね」

自分の両親もきっと同じ思いだろうと、均と里子を思い遣ってか、それは少し申し訳なさそうな、八重の声だった。

浮草のように旅して

名古屋は、翔が小一の頃から七年間を過ごした町だった。

名古屋へは、均の転勤で福島から小学校一年生の翔と、幼稚園年中組の八重を連れて、引っ越してきた。里子は独身時代、均と同じ会社の事業所が名古屋にもあって、そこで働いていたから、通算したら十一年ほど住んでいたことになる。本当に懐かしかった。大きな高いビルを見上げながら、里子は自分が今ここにいるのが、信じられなかった。今朝までは、太平洋に面した東北の、自然豊かな山際にある静かな住宅地で暮らしていたのだ。もちろん超高層ビルなどとは全く縁のない、海や山が近い、そんな場所。どうして自分たちが今、ここにこうして立っているのか、不思議な気がした。

ぼんやり感慨にふける里子に均が言った。

「名古屋かあ！　懐かしいなあ。ここに来たからにはまず、味噌煮込みだね！」

「あ！　いいですねえ、それ食べよ」

翔が賛成した。

里子も、懐かしい味噌煮込みうどんの味が口に広がる気がして、

「いいわね、食べよ、食べよ」

と、はしゃいだ。

駅ビルの構内から歩いてすぐ、近くにあった有名うどん店の駅前店をすぐに見つけて、三人で暖簾をくぐり、味噌煮込みうどんを注文した。熱々の土鍋が目の前にくると、里子はたちまち、懐かしさがこみ上げてきた。

（人生は何て不思議なのだろう）

里子はそう思わずにはいられなかった。

ほんの一週間前までは、今日のこんな日がこようとは、夢にも思わなかった。

三十も半ばにさしかかった息子から、まだちょっとだけ子離れできないでいる自分に、

それではだめだと思いつつも、まだお嫁さんがいないからを理由に会えるのが楽しみでならない里子。突然それが叶ったばかりか、懐かしい思い出の地で、親子して、美味しいうどんに舌鼓を打っている。

（夢じゃないかしら）

里子はそう、幸せを感じながらも、しかし現実は信じられないような、厳しい東北の状況だということを、忘れるわけにはいかなかった。それが心に大きな影となって覆いかぶさってくるのを、この嬉しいひと時にさえ、どうすることもできなかった。

そんな均と里子にとって、翔の存在は、言い表せないほど心強いものではあったが。

懐かしい味で空腹が満たされると、そうぐずぐずしてはいられなかった。そこからＪＲ名古屋駅まで歩いて、三人は早速新幹線で大阪へと向かった。

大阪に着くと、宿泊予定のホテルへと向かい、翔が手続きを済ますのを待って、案内された部屋へ入った。部屋に入るなり、里子は目を疑った。広く明るい部屋には、大きなツインのベッドがあり、そこには（いったいどんなふうに使うの？）と迷うほどの、クッションや枕が置かれている。真っ白で統一した清潔な部屋は、一体いくらするのだろう。さすがに、大都市のシティホテルだ。驚く里子に、翔は笑いかける。

「どう？　気に入った？」

気に入るも何もない。今こんな贅沢、果たして許されるのかしら？　里子は複雑な気持ちだった。

「だから、何にも心配しなくていいから、のんびりしたらいいんだよ。お風呂だって、ずっと入ってないんでしょ？　早速入って、ゆっくりしなよ」

翔のその言葉に、(そうだお風呂に入れるんだ)、そう里子はその時初めて、気がついた。

「うん、まず風呂だな。先に入ってくるよ」

均がいそいそと、大きなバスルームへと入って消えた。

「じゃあ夕食まで、ゆっくりしてね。俺の部屋は少し向こうだから、夕飯食べに行く時、呼びにくるよ。今日は美味しいもの食べようね、バッチリ下調べしておくから。また何かあったら携帯で呼んで」

右手をさっと上げて、翔はその部屋から出て行った。その後ろ姿に里子は、

「ありがとう」

と、声をかけた。

一週間ぶりの入浴。悪夢のようにも思える日々を過ごしたこの一週間の垢を、頭から足

の先まで落とし、お湯がたっぷり張られたバスタブにどっぷりと浸かりながら、里子は最高に幸せだった。今も、厳しい局面にさらされている人たちがいることは、ずっと頭から離れなかったが、とにかく今は、ずっと守ってくれた何かに心から感謝した。

さっぱりと垢を流した身体に替えの服を身に着け、セミダブルのベッドに腰掛けると、そのクッションの良さに里子は嬉しくなった。ワーッと大の字になり手を広げて、

「私たちって、しあわせねーっ」

と、横のベッドで、やはり寝ころぶ均に声をかけた。

「まだまだ、これからだよ」

そんな均は、至って冷静だった。

大阪での第一夜は、翔がスマートフォンで探した店で美味しく夕食を済ませた。とりあえず里子は、今は幸せだった。来年の正月まで、あと九か月は会えないと諦めていた息子と、今一緒にいる。それも、彼に夕食の面倒まで見てもらって、美味しい食事とお酒を頂いている。罰が当たりはしないかと思うほどだったが、とにかく里子は幸せだった。


そのホテルに宿泊して、二日間を大阪で三人は過ごした。

一日目、昼間翔は、部屋で仕事をした。まだ、家族の救出に当たっている同僚たちは、おそらく仕事よりもそちらを優先しているだろう。翔はとりあえず、両親を渦中から呼び寄せることに成功した。これからのことを考えれば、まだまだ問題は山積していたが……。

翔が部屋に籠っている間、里子はまずホテルのコンシェルジュを訪ね、そこで近くの銀行と郵便局の場所を聞いた。さらに、地銀の通帳とカードで都市銀行でも預金を引き出すことができるか、確認してもらった。これからのことを考えると、どこででも引き出せる郵便局にお金を移しておく必要を考えたからだ。心細い思いでいっぱいの里子へのホテルの対応はとても丁寧で、本当に有難かった。

それからは均と一緒に、ホテルで教えられたとおり銀行、郵便局を回り、すべての用事を済ますと、ほっと一息ついた。

それから近くで均と昼食を取り、ちょっと観光気分になってホテル周辺の梅林公園を散策した。三月も半ば、まだいろいろな梅が花盛りで、二人はしばしその時間を楽しんだ。公園から二人がそのシティホテルの方へ戻ろうと、ホテルに続く大きな橋を渡っている時だった。その橋の片側に募金箱を抱えた若者たちが並んで、大きな声で募金を呼び掛けていた。

「東日本大震災で、災害に遭われた人たちに、募金をお願いします！」

里子は背負ったリュックから小銭入れを取り出すと、そのいくつかの募金箱の前で立ち止まり、それぞれに百円玉を入れた。

「ありがとう」

里子はその時、その子たち一人一人にそう言った。

「ありがとうございます！」

と元気にお辞儀をする若者が、そんな里子にちょっと不思議そうな顔をしたが、里子は彼らに礼を言わないではいられなかった。被災地からこんなにも遠く離れた所でも、自分たち被災者のために頑張ってくれている人たちがいることに、驚きと、嬉しさと、何より親しみを感じたのだ。日本は素敵な良い国だなあと、里子はしみじみとその時感じていた。


大阪のホテルでの三日目の朝、軽いノックの音で、里子が部屋のドアを開けると、

「おはよう！　どう、良く眠れた？」

翔がそう言って、元気良く入ってきた。

「うん、ぐっすり」

里子は笑顔で迎えた。

何しろ、揺れないのだ。東北の自分たちの家で過ごした一週間、いつも余震があった。はっと身構えるほどの大きな揺れから小さな揺れまで、数えきれないくらいの余震で、寝ていても心は休まることがなかった。揺れないということが、こんなにも安らかでいられるのだ。

昨日、二日目の朝も、翔の問いかけに同じ返事をして、翔のスケジュールを聞き、自分たちは一日のんびり外を散策したのだったが、今日はどう過ごそうかと思う両親に翔は言った。

「今ね、会社の担当者から連絡が来て、広島にホテルを取ったんだって。それで今日は、そっちに移動することになったから。朝食済んだら荷物持って、ロビーで待ってて。すぐチェックアウトして、出発するからね」

「そう、わかった。食事一緒に行くでしょ？」

「うん。もう、行ける？」

翔が聞いてきたので、二人は急いで支度をしてレストランに向かった。

その食事の後、荷物を持ってホテルのロビーで息子を待つ二人の近くには、彼の同僚たちの家族と思われる数組が談笑していて、とても和やかな雰囲気に包まれていた。里子は不思議だった。みんな、まるでツアーを楽しんでいるかのよう。

それを見ていた里子は、自分に言い聞かせた。きっとここ数日で、事態は修復できる。広島で数日時間を過ごせば、きっと家に戻れる。そんなふうに思うと、里子の気持ちも少しだけ軽くなる気がした。

大阪のホテルを出て翔と一緒に新大阪から新幹線に乗り、一時間三十分程で目指す広島に着いた。新幹線広島駅のすぐ近くの駅裏辺りに、その外資系シティホテルはあった。駅裏と言ってもその周辺は、今に開けて行きそうな、そんな雰囲気を醸し出していた。

そのホテルは新しく近々オープンする予定で、まだ正式には開業前ということだった。そのためかロビーはしんと静まり返って、何か寒々としていた。それに引き換え、フロアから一段下がったレストランとみられる所には、まるでパーティでも始まるのかと思うような準備がされていて、数人の人々が集まっていた。そこでは、取引業者やホテルの関係者たちで試食会のようなものが始まっている様子だった。

そんなホテルを翔の勤務する会社が、避難してきた従業員とその家族のために数日だけ借り受けたのだという。

「そんなことってできるの？　翔の会社ってどんな凄い会社？」

均に里子は言った。

翔が、手続きを済ませ、里子たちのところに戻ってくると、里子はまた翔に聞いた。

「オープン前のホテルに宿泊できるように無理が言えるって、あんたの会社、どんな凄い会社なの？」

翔の勤務する会社は、ヨーロッパ最大手のソフトウェアの会社だということは里子も知っていた。日本の企業ではないので、そう、しょっちゅう会社の記事を目にすることはないが、時々経済新聞に載ることがあって、そんな時は均がその記事をスクラップしていた。

翔が大学を卒業した十年余り前は、超氷河期と言われる就職難の頃で、求人も少ないと聞いていたが、わりとすんなりと内定が決まり、均も里子も喜んだ。しかし、外資系はいろいろ厳しいという噂も耳に入ってきて心配もした。だが、数年経って、そのことを翔に聞くと、

「うちの会社は、どちらかというと日本の企業に似ていて、アットホームな感じだよ」

と言う。

「ドイツはね、日本に似ている所があるんだよ」

彼は以前里子に、そんなことも言った気がする。翔自身、楽しくやっているようなので里子はほっとしたものだ。

そしてこの度こんなことになって、翔の会社の存在が、均と里子の中で大きな関心事として迫ってきた。

「ね、凄いでしょ」

翔はニヤリとして、目をくるくるっとさせた。普段は、翔自身、自分の仕事のことをあまり話さない。均はさておいて、里子などは聞いたとしてもまずわからない気がする。たとえ理解できたとしても、漠然としたものでしかない。それより何より、息子がただ元気に頑張っていることがわかれば、それだけで安心、母としてはそれだけで十分だった。

翔がフロントで手続きを済ますと、三人は部屋に向かった。部屋に入って、再び里子は驚いた。

(まさかスイートルーム?)

昨日まで泊まっていた、大阪のホテルよりさらに広く感じる。かなり上階にある部屋の、足元まであるガラス窓からは、下に見える駅周辺の様子がよく見える。こんな部屋、どれだけかかるのだろう。里子の気持ちを見透かしたように、

「ね、いい部屋でしょ？　のんびりしたらいいからね」

と楽しそうに、翔はそう言った。

大きなテレビが部屋の中央辺りに置いてある。やはり東北のことが気になり、里子はテレビを点けた。英語の音声が流れて、翔がすぐに日本語に切り替えてくれた。その後、翔が自分の部屋へと出て行き、均と里子で部屋のコーヒーを入れ、テレビを見ていたその時、大きなテレビ画面には震災直後からの、太平洋側の大津波の様子が映し出された。

里子は家が流されるその映像を、今初めて見た気がした。それは気分が悪くなるほど、大きな衝撃で里子に迫った。原子力発電所に押し寄せた大きな波は、それを危険なものに一変させただけではなく、東北沿岸に暮らす人々の大切な生活圏をも簡単に破壊して行ったのだ。

二人は自分たちの家でも、その家を出てからも、ゆっくりとテレビは見ていない。すぐ身近で起こっていた、余りにも残酷な悲しい出来事、その詳細が今、大画面に大きく映し出されている。二人はコーヒーが冷めるのにも気づかず、ただただ食い入るようにその映像を一緒に見続けた。

そのうちにふと里子は、思い出した。数日前、愛知県のセントレア空港から名鉄電車で名古屋駅に向かう途中、海面の近くを走る電車の中で感じたたとえようのない不安。まるで早鐘のように動いた、心臓の鼓動。やはり、大津波の映像を見ていたのか。しかしそれは、これほどリアルではなかったはずだ。二人はただ淡々と、その報道を見過ごしていた気もする。思えばその時は里子の頭のどこかが麻痺して、はっきりとそのことにまで思いを致すことができなかった。けれど心の奥には、その恐怖の思いがしっかりと残されていたのだ。海面を見て無意識のうちに不安で心が揺れたのも、そのせいかもしれなかった。

（今、みんなはどうしているのだろう）

ふと、里子はそう考えていた。残してきた自分たちの家、近隣の人々のことが、無性に思い出されて仕方がなかった。

広島に着いた翌朝、部屋をノックする音に里子が急いでドアを開けると、そこに翔が立っていた。

「おはよう！　どう？　よく眠れた？」

彼は明るい声で、いつもと変わらなかった。

「うん、お陰さまで」

と、少し元気のない声で里子は言った。

昨日テレビを見て、均と里子にもはっきりと、東日本での震災の全容がわかってきた。それまではいつになったら戻れるのかと、原子炉の様子ばかりが気になっていた。何日か他所で過ごせば、きっと帰れると努めて思うようにしていた。しかし問題はそれだけではなかった。無事避難できた人ばかりではないのだ。大人から小さな子供まで、まだ渦中にいて苦労している人も多くいる。大切な家族の亡骸と対面して、現実を受け入れられないでいる人がどれだけいるのだろう。そう思うと、里子は自分がここにいることがとても身勝手な気がして、昨晩はなかなか眠れなかった。

けれど今二人には、どうすることもできない。そのこともまた現実なのだ。

「今日のスケジュールは？」

と均が尋ねると、

「うん、今日は自分も一緒に行けるから、どうかな、鞆《とも》の浦《うら》に行ってみない？　アニメのポニョで有名な所。知ってる？」

「ああ、あそこね。作者がポニョの構想を練ったって、聞いたことある」

福山市の鞆の浦には、有名なアニメ映画が生まれるヒントになったそんな場所があるというのを、里子も聞いて知っていた。確か、景観を巡っては、住民と作者との間で論議が生まれたこともあったように、里子は記憶している。

「そうそう、そこ、行ってみようよ」

「ほんと？　一緒に行けるの？　嬉しいなあ、行こう、行こう」

均も里子も、こぞって準備に取り掛かった。

そう言えば今日は休日。翔も仕事は休みなのだ。残してきた家のこと、お隣さんたちのこと、大津波で家を流され家族を失った人たちのこと、毎日頭から離れない大きな影は一応心の隅に押し込んで、今日一日、里子は家族で楽しむことにした。

広島駅から、新幹線さくら号に乗って福山まで行き、そこから鞆の浦までだいたい一時間ほどをバスで走った。そこはちょっと鄙《ひな》びた景観が広がる、静かな良い所だった。鞆湾の岸壁にある常夜灯は江戸時代からあるもので、歴史的文化財としてもとても貴重なものと聞いた。そんな常夜灯のそばで、翔とまるでカップルのように並んだ写真を均に撮ってもらったりして、楽しい時間を過ごした。けれど、やはり里子は、鞆湾内の海水に近寄ることができなかった。今までに経験したことのない、自分でもどうしたらよいかわからない感情を、里子は不安に思った。

それでも、海辺のちょっとアンティークな店で食べた、昼食のシーフードパスタがとても美味しかった。年代を感じさせる木造家屋の土産物屋に入ったりしながら、里子たちはほとんど冷やかしで歩いた。とは言っても、いくらかは思い出の買い物をして、三人は一日をそこで過ごした。

夕方、広島のホテルに戻り部屋でコーヒーを飲みながら、里子はいつ帰れそうかと翔に尋ねた。

「そうねえ、まだしばらくはだめだね。というか、事態は悪くなる一方だよ」

里子は耳を疑った。そして（もう帰れると、大阪のホテルで思ったのに）と、心で呟いた。

里子はとにかく早く帰って、できることがあれば少しでも被災者として、被災した地で何かをやりたかった。それもまだ叶わないと、翔は言う。

一度部屋に戻った翔が、彼のパソコンを持ってきて、両親の前に置いた。それから、パソコン画面を均と里子に見せながら、その場所を指で追って、原子力発電所から流れ出る放射能の動く様子を示して見せた。その部分は線で縁取られ、赤や黄色に分類された場所が内陸部に向かって長く広がったり、それが海岸線に沿って移動したり、海側に流れたりと、その形を変えて全く動きが安定していない。それは風向きによって流される位置が変わってくるというから、どこに向かうかわからないということでもある。もっと早く、翔はそれを両親に見せたかったが、二人の気持ちを考えるとなかなか言い出せなかったのだ。

「震災後すぐにね、アメリカの大統領が海軍の船を救援軍に派遣して、東北の太平洋側の海の上に置いた拠点から、空軍と一緒に救助活動を始めてるんだよ。それ、『トモダチ作戦』っていうんだけどね」

翔はそこまで言うともう一度、名称のところをゆっくり区切って声にしながら、均と里子に聞かせた。

「ト、モ、ダ、チ、ね。かっこいいよね」

そんな彼の顔は、その時キラキラ輝いて、まるで少年のようだった。

当初、外国の基準だと、半径八十キロは避難対象になったというのだ。そういう事情もあって、ドイツの企業である翔の勤務する会社からは、急いで家族を救いだすよう指示が下ったという訳だった。

しかし考えてみれば、少しは察しがついていたことでもある。テレビでは原子力発電所内の、今まで見たことも聞いたこともない複雑な原子炉の構図が映し出され、専門家が解説を繰り返している。そう簡単に決着はつきそうに思えない。二人が早く帰りたいと願う第二の故郷では、大変な問題が進展を見ないまま今もまだ続いているのだ。

　大災害は海水によって、情け容赦なく人々から大切なものを奪っただけではなかった。それによって起きた二次の災害では、全く無傷のままの場所をすら奪い取ろうとしている。自然を愛でながら、余生をそこでのんびりと過ごしてきた年老いた人たちにとっては、思いもよらない試練が襲ってきたのだ。これから自分たちはどうなるのか、里子には見当もつかなかった。

「じゃあ、いつまでこんな旅をするの？」

　里子は聞いた。

「うん、とりあえず、ここにはもう少しいるから。会社の担当者から順次連絡が来て、宿泊するホテルが決まったら、それから動くようになるね。このホテルもオープンまでの貸し切りだから、そのあとはまた他所に行くことになるかな」

　翔は両親にそう話すと、少しはほっとしたのか明るく、

「まあいいじゃない、観光旅行だと思って」

と、言った。

三日目は翔をホテルに残し、均と里子でホテル周辺を散策、ついでに広島城址公園まで足を延ばした。ホテルから駅構内を通り抜け、南口から出てその公園までぶらぶらと二人は歩いた。花粉で少し煙ったような、いくらか寒さの和らいだそんな穏やかな日和だったが、均も里子も心から楽しむことはできなかった。

しかし夜は、広島市内を走る路面電車に乗って、翔が下調べした感じの良い店につれて行ってもらい、旅先での夕食に均と里子は舌鼓を打った。その時、店のカウンターで同席した若い家族と三人は談笑することができた。その若い夫婦が連れていた幼い女の子がとても愛らしく、里子はいつの間にか、その子に孫の咲の面影を重ねていた。

均と二人でいるといつもつきまとう不安が、翔が一緒の時はなぜだか影を潜めている。その時もそれをふと思いながら、里子はいつの間にか、心の端に巣食う絶え間ない不安がそこから逃げて行くのを感じていた。

広島での滞在が四日目になり、次の行き先をそろそろ考えなくてはならなくなった時、翔が言った。

「次は小倉か、もっとその先かなあ。実はドイツの友達も、しばらくこっちに来てみたらって言ってるんだけど」

翔のその言葉に、里子は慌てた。

（えーっ、ちょっとまてーっ、冗談じゃないわ）

そして、ふと思いついたことがあった。

「そうだ！　翔ちゃん、山陰の晴子伯母さんがね、『しばらくこっちに来たら？』って、言ってくださってるのよ」

「え、そんないい話があったの？」

翔は、初めて聞いた話にすぐ乗ってきた。

「俺、ちょっと電話してみるよ。あの大きな庭のある家でしょ？」

山陰にある均の実家に、子供たちはそう多くは連れて行ってもらったことがない。やはり山陰は遠すぎた。けれど、翔が就職した十年余り前、彼が社会人一年目の年に祖母の見舞いで行ったことがあり、そのことを翔は覚えていた。均の母はその時もうすでに翔のことがわからなくなっていたが、小さい頃には彼をとても可愛がってくれた。けれど翔は、その辺りの記憶はあまり定かではないらしい。

「もしもし、翔ですけど」

翔が電話するのを、里子はぼんやりと聞いていた。

（これから、自分たちはどうなるのだろう）

全く予測ができない事態に、均と里子は戸惑うばかりだった。

翔は、電話をかけ終わると、「晴子伯母さんが、『待っているから、いらっしゃい』と言ってたよ」と言う。

里子も均も、なぜ電話に出なかったのだろう。甘えだろうか。気力が萎えてきているのだろうか。翔へのおんぶに抱っこという生活に、もう慣れてしまったのだろうか。とにかく、先の見えないこれからの生活が、どっしりと二人の上に重くのしかかってきていた。

さらに、周りへの迷惑も考えると、

（やっぱり、家を出たのは間違いだった）

という思いを、二人は抑えることができなかったのだ。

その日、均と里子は何となく元気が出なくて、荷物の整理をしたりテレビを見たりして過ごした。

均は、家を出る時に大切に持ってきた、トラベルソと言うバロックフルートを久しぶりに吹いて過ごした。部屋に防音装置が成されているのかわからないので、周りに響いて迷惑にならないかと、ちょっと里子も気になったが、均の気持ちを思うとそれを止める気にもならなかった。

それはまさに地震のあった日、その直前まで彼が吹いていたものだ。その穏やかなひと時からすでに二週間が過ぎていたが、今の二人の状況はその時考えもしなかった方向に向かっていた。

（みんなどうしているかしら）

ふと里子は、第二の故郷が恋しくてたまらなくなった。

携帯を取り、隣家の吉田さんに電話してみた。

「もしもし、かみむらさん？」

懐かしい吉田さんの声が、慌ただしく電話の向こうから聞こえてきた。すでに登録済みの電話番号と名前が表示され、すぐ里子とわかったらしかった。

「もしもし、上村ですけど、吉田さんお元気？」

「あら、上村さんもお元気ですか？　今どうしてるんですか？」

「今ね、息子と一緒に広島にいるの。あれからずっとホテル住まいよ。そちらは、皆さんどうしてますか?」

『実はね、私たちもあの後すぐ、家から離れたんですよ。家族みんなで神奈川の息子の所に避難してます」

(そうだったのだ)

吉田さんは大学生の長男の所へ、里子たちが避難して間もなく身を寄せたと言う。

「そうだったのね。福島の方の状況は、ちっとも良くなっていないみたいね」

と里子は言った。

「大変ですよね。常磐線も不通になってるみたいですよ」

吉田さんの言葉に、里子は一段と気が沈んだ。

常磐線は、上野から茨城県の水戸を経由して、浜通りにあるいわき市までの駅を通るJR線だ。

「じゃあ、東京まで帰っても、電車が不通なんじゃどうしようもないわね。バスは走るかもしれないけれど、まだ、高速もきっとダメよね」

里子が言うと、

「だけどこのままじゃあ、私たちもじっとしていられないし。主人の仕事や子供の学校の

 こともあるし……」

吉田さんの声からも、明るさが失われてきた。

五日目、広島での最終日、翔は両親を家電量販店へ連れて行った。パソコンなど電子機器の並ぶコーナーへ行き店員と何か話をしていたが、それはインターネットの端末機器についてのようだった。先頃から取り沙汰され始めた機器で、生憎今は翔の欲しいものがないので、取り寄せということになったが、そう安いものではない。何に必要なのかと里子は不思議に思いながらも、彼にくっついて黙って歩いていた。

そんな里子に翔はにっと笑いかけ、離れた所でパソコンを見ていた均を手招きした。

「あのね、これ見て！」

翔の指さす場所には普通のノートサイズ程のボードが並んでいて、その中の二つのボードでお互いに相手の画像を見て、楽しそうに会話している。

里子にとっては夢のテレビ電話だ。そういうソフトウェアの入った端末を使って、遠くの人と会話するツールを、スカイプと言うらしい。そのボードのような端末の機械をiPad（アイパッド）と言うのだそうだ。

「ね、便利でしょ？　これ買ってあげるから。今までのようには咲ちゃんに会えなくなっても、画像を見て話せるんだよ」

翔はそう言って、その端末機器のことを二人に説明した。パソコンでも、そのソフトを入れればスカイプはできるということだが、パソコンは避難する時に重いので家に置いてきている。しかし、山陰の実家では、インターネットが使えるのだろうか。そんなことを里子が思っていると、均が言った。

「インターネットは無理だよ。伯母さんのところでは、使えるようにしてないと思うよ。考えたこともあるみたいだけど」

「それは大丈夫、確認済み」

と、翔が答える。

「使えるの？」

里子が聞く。

「ううん、今はだめだね。自分が行って、手配するから」

「でもそんなこと、勝手にできないでしょ？」

「うん、でも伯母さんと交渉済みだよ。『インターネット引きたいんだけど、いいですか？』

って聞いたら、伯母さん、『ネットなりロープなり、好きなもの何でも引きなされ』って。本当に話のわかる人だね。費用のことはぜんぜん心配しないでいいから、俺に任せて」

翔はそう言って、いかにも楽しそうだった。


その日の午後三人は、広島発、米子行きの特急バスで、お世話になった広島を後にした。夕方、すでに辺りが暗くなった頃、バスは山陰にある米子駅に到着した。均、里子、翔の三人は、そこからタクシーで義姉晴子の待つ均の実家へと向かった。

均の実家までは、米子駅から車で二十分ほどの道のりだった。仄かに門燈が辺りを照らした車庫の前で、三人はタクシーから降り立った。気配に気づいて、玄関から晴子が出てきた。

「いらっしゃい！　均ちゃんお帰り！　里子さん、あんた大丈夫？　翔ちゃんが、『同じ、かみむらですけど』って言ったたって、すぐにはわからなかったのよ」

それはそうだろう。義姉には本当に失礼なことをしたと後悔し、里子は詫びた。

「ううん、それはいいけどね。里子さんショックで、倒れてるんじゃないかって心配したけど、元気なら良かった」

晴子の用意してくれた、美味しいお茶で喉をうるおし、三人はやっと人心地ついた気がした。

「それにしてもあんたたち、翔ちゃんがいて良かったねえ！　ほんと、今度は大変なことだったねえ」

「いやあ、大変でした！」

均がすぐにそう言うと、その後から里子が、

「本当に、いろいろご心配かけました」

と、頭を下げた。

「まあ、少しここでゆっくりして、様子をみればいいじゃない」

「はい、宜しくお願いします。翔が、これからまだどこかに旅するって言うから、本当に慌てちゃって。晴子お義姉さんにお声をかけてもらってなかったら、どうなったことか」

里子は心からの感謝の気持ちを晴子に伝えたくて、再度お辞儀をしながら、そう言った。

「まあ、今夜はゆっくりお風呂に入って、休みなさい」

そんな、晴子の労いの言葉が、里子の心に染み入る。

故郷の家はやっぱり懐かしい——均はその時、そう思っていた。

その夜も、家は揺れることなく、三人の安眠を妨害するものは何もなかった。里子は眠りにつきながら、これでしばらくは、まるで浮草のような生活から解放されると思った。今度のことでは、翔には本当に世話になったと、里子はしみじみ思う。


翔が二歳の頃、こんなことがあったのを、里子は思い出す。

いつものように、均を会社に送りだした後のこと。里子は生まれて間もない八重と、あと数か月で三歳になる翔が寝ているのを確かめて、隣家へ回覧板を届けに、少しの間家を空けた。そのすきに、目覚めた翔が母里子の姿を捜して、いつも連れ立って行くスーパーへと一人で出かけてしまったのだ。

隣の家で少しだけ世間話をして戻った里子は、その静かな気配に二人はまだ寝ているとばかりに思って、台所で朝の片づけをしていた。その時、チャイムが鳴って玄関に出てみると、そこに身体は大きいけれど、とても柔和な顔をした若い警察官が裸足の翔を抱っこして立っていた。何が起こったのかと、里子は混乱した。

「お宅の坊やですか？」

との、警官の問いに、

「ええ！　いったいどうしたのでしょうか？」

おろおろする里子に、その警官は静かに言った。

「スーパーの前の道路を、一人で歩いていたので、声をかけたら、こちらに案内してくれました」

ただ驚き、青ざめるまだ若い里子に、彼はそう話してくれた。

事情が呑み込めた里子は自分の愚かさを悔いて、そうなった訳を警察官に話しながらも、心では震えていた。

「まあ、何もなくて良かった」

彼はそう言うとそれ以上は何も言わず、にっこりして翔の頭を二、三回なでると帰って行った。

まだ、動転して座り込んでいる母の腕に抱かれ、翔は、

「ブーブー、ノッタノ」

と、喜んだ。

「え、翔ちゃん、パトカーに乗せてもらったの？」

里子が、驚いて言うと、

「ウン、パト、パト、ショウチャン、ブーブー、ノッタノ」

と、翔を抱く、里子の膝の上でぴょんぴょんと跳ねた。あの、小さな足の感触を、彼女は今になっても忘れない。その時すぐに幼い子供たちの寝床を覗くと、機嫌良く目覚めてにこにこ笑っている八重の横の翔の布団には、抜け出た時のぽっこりとした形が、そのまま残っていた。もし、あの時、パトロール中の親切な警察官に翔を見つけてもらわなかったら……。里子は、翔の強運を心から喜び感謝したが、同時に自分の気の緩みを戒めた。もし、あの時、翔を失っていたら、今回のような旅はなかった。大切な子供を失う、家族を失うということの重さを、しみじみ里子は思う。

翔には今回、一生分の親孝行をしてもらったのかもしれなかった。

（翔ちゃん、ありがとう）

そう思いながら、彼女はいつの間にか深い眠りに引き込まれていった。

生まれ故郷山陰

山陰にある鳥取県境港での生活は、本当に平和そのものだった。時折かかってくる幼馴染からの電話に、均も懐かしそうだった。高校の同窓生が十人程で、均と里子のために激励会を開いてくれたり、それとはまた別に、ランチに誘ってくれる人もいた。本当にみんな温かく、里子は感謝の気持ちでいっぱいになった。

インターネットが引けるようになるまで少し時間がかかるので、それまでは翔も一緒に境港に滞在することにした。翔のパソコンは、いつでも携帯できる機器でインターネットが使えたので仕事に支障はなく、伯母の晴子が準備してくれていた机で仕事をしていた。里子がちょっと横から覗いても、英文字が並んでいるばかりで全く理解できるものではなかった。

それにしても、何日も息子が傍にいる生活は、里子にとってこの上なく新鮮なものだった。大学へ進学するため翔が家を出てから、初めて経験することだった。

(人生は一寸先は闇って、このことかしら)

ここ数週間、本当に思いがけないことばかりだった。均と里子は、今やっと、ちょっとだけ落ちついた気持ちになれる、そんな気がしていた。ここは余震に怯えることもなく、毎日が本当に平和だった。

義姉晴子と夫である均の兄が、数年前に建て替えた均の実家は広く、晴子の心遣いもあって、三人はのんびりと過ごした。実家の庭先にある、隣の家の大きな桜の木も、近づいてきた春の気配に、蕾も膨らんできていた。

今度の地震では、関東地方も大きな被害を受けていて、東京の高層ビルにある翔のオフィスも、震災後、安全が確かめられるまでは、クローズになっていると聞いていた。まだ、落ち着かない旅を、家族と続けている同僚たちもいるのだろう。関東でも、福島の原発から風で飛んできた放射能によって水源地が汚染されている可能性があり、飲み水にはみんな神経を使っているらしい。特に、小さい子どもには危険が大きいとのことを聞くと、均も里子も、八重家族のこと、そして、幼い咲のことがとても気になった。

均の実家での平和な時を過ごしながらも、やはり里子は、福島の家のことを思う時間が増えた。

広島に滞在中、吉田さんの他、もう一つ隣の松島さんとも連絡が取れていた。松島さん夫婦は、関東にある実家に帰っているということだった。一週間ほどの間、家から離れた遠方に避難した人も多く、その後、松島さんを除いてはみんなは自宅に戻っていた。

その他、里子は職場の後輩で、ずっと仲良くしていた田村康代にも、携帯電話で連絡を取ってみた。里子がその携帯から、今夫の実家がある山陰にいることをメールで送信すると、康代はすぐ返信してきて、

『上村さん、しばらくです。私たちは車で家族一同、奈良の知人の家に避難したんですよ。奈良は遠かった！』

『車でなんて、大変だったわね。ガソリン大丈夫だったの？』

と里子が送信すると、

『福島を離れれば、大丈夫でしたよ。夫が、原発が爆発するぞーって言うから、ほんとに大慌てで』

と、康代からの返信。

『そうだったのね。私たちも、一週間ほどは大阪から広島までホテル住まいだったのよ、東京の息子と一緒に。そういえば、康代ちゃん、職場の方どうしたの？』

里子は震災以来ずっと、職場と連絡が取れないでいた。

偶然にも、里子は一月の終わりに、三月の終わりで辞めたいという退職願を上司に出していたのだ。やり甲斐を感じて頑張ってきた職場だったし、一緒に働く同僚のことを思っても少し迷いはあったが、ちょうど引き際としては悪くないと、その時は里子もそう思っていた。リゾート施設も時代に合わせて変化の時を迎え、いろいろ変わって行こうとしている矢先でもあった。これからどれだけ自分が生きられるのかを考えたら、もっと自由な時間を作って旅行をするなど、均との時間を大切にしたいと考えてのことだった。

そんな時に、まさかこんな震災に遭おうとは。もし震災がなければ、あと半月は仕事を頑張って、里子はみんなにさよならをして職場を去るつもりだった。しかし今では、それも叶わなくなった。

里子にはそんな事情があったが、地震直後から職場に電話を入れてみても、どうしても繋がらず、リゾート施設がどうなったか、ずっと気になっていたのだ。

『リゾート施設、今クローズになってますよ。今度の災害でしばらく営業できないんですって。だから、三月いっぱいで、ほとんどの人が解雇になるみたい。印鑑持ってくるように言われましたよ』

康代からの返信の内容は、そういうことだった。

今、日にちを区切られて招集がかかっても、山陰からでは遠すぎる。その日程を決められても、出向くのは無理。けれど、里子はもうすでに退職願を出しているので問題なかった。

里子は少しだけほっとした。ただ、彼女にはとても気になることがあった。当日、宿泊していた、あるいはそのつもりでチェックインしていた大勢の宿泊客はどうしたのだろう。里子はそれを康代に聞いてみた。

『大丈夫です！　上村さん、すごいでしょ！　一人の怪我人も出さず、震災直後からお客様を、バスで順次脱出させて、それぞれの街まで送り届けたんですよ😀　このことは、会社としての誇りですよね！』

『そうだったのねえ！🙌』

里子は、地震のあった時間、家にいた。でも、午前はしっかり、ホテル売店で仕事をしていたのだ。それにほんの数日前には、ホテルのお客様係の従業員から大きな地震の時には、最上階にある大きな風呂が下まで落ちてくる心配があると、うそのような話を聞いたばかりだった。そんな話が出るほど、その頃短い時間ではあるが時々激しい揺れがあり、ホテルロビーのシャンデリアもその度に揺れていた。その話がとてもリアルに思えて、「そんなことになったら、怖いわねぇ」と、里子はその時ぞっとしたものだ。

確かに、そのホテルはすでに年月を重ねたものではあったが、今後さらに企業を発展させるため、隣にはりっぱな新しいホテルも建設中だった。そんなさ中に起きた大地震。

里子はお昼までの勤務が終わり、「明日から三日間は休ませていただきます」と、前もって出してあった休日の届けを確認し、その後帰宅していた。だからでもあるがその後の会社の様子は、あまりにも長い間、里子までは届かなかった。そんな中で、里子はずっと仕事や職場のことが気になっていたが、全く連絡が取れなかった。とにかく、宿泊客はみんな無事だったのだ。そして、康代からのメールはまだ続いた。

『宿泊客のことは無事済んだのですけれど、やっぱり施設の職場で働く人の中には、家を流されたり、家族を亡くしたりっていう人がいるみたいです😢』

きっと、そうだろう。あれだけ大きな施設で働く従業員の中には、浜通り地域の海辺に住む人たちも、多くいたに違いない。それに、原発の傍で暮らす人もいたのではないか。里子は再び、今ここで呑気に暮らしている自分が、遥か遠くのみんなに対してとてもすまない気持ちでいっぱいになった。

そんな気持ちでいる里子に、康代は、

『でも、上村さんよかったですね。旦那さんの実家があって。常磐線も動いてないし、少しのんびりしてれば良いですよ。じゃあまた、会いましょうね👋』

と、返信してきた。

それにしても、里子と一回り以上離れたまだ若い康代には、震災を跳ね飛ばすパワーがあると、里子はその時思った。

康代とメールで交信して日を空けず、里子は部屋で仕事をする翔を残して、均と義姉の晴子とで境港の海辺にある大型ショッピングセンターに出向いた。そこで三人は、手分けして飲料水を買い求めた。

その商品は、美味しい大山《だいせん》の伏流水から作られたものだという。山陰の空に高くそびえるその大山は、古くから伯耆富士《ほうきふじ》とも呼ばれ、雪を頂いたその姿は、まるで富士山と見紛うほど美しい。そこから採れたという水が入ったペットボトルの箱入りを、義姉の晴子は東京に住む子供たちに、里子と均は、東京の八重、里子の親戚、それから、避難先から戻ったはずの、福島浜通りの知人たちに送ろうと考えたのだ。

しかし、やはり、震災後そういった客が多く、店でも一人当たり二ケースまでという制限をつけていて、三人で手分けして買っても、必要なだけが揃わなかった。それでもそれが欲しい晴子と里子は、近くにいた女性店員に事情を話し、何とかならないかと聞いてみた。残念なことにその場ではその店員も、店のルールに従わないわけにはいかないと、申し訳なさそうな表情で二人に言った。「すみません」と謝る、その働き盛りに見える店員が、里子はかえって気の毒でもあった。仕方がないのであきらめて、レジに並んで思案する三人の傍に、先ほどの店員が近寄ってきて、

「あの、お客様、一度会計を済ませて、それから、もう一度並んでいただけたなら……。たぶん大丈夫だと思いますよ」

小さな声で、晴子と里子に目くばせするように言った。

皆に公平に、という意味からしたら、それは決してフェアではないだろう。まるで一人占めするようなものだ。それほど大げさな数ではないけれど、親切な彼女はその時、共犯者になってくれたのだと、里子は申し訳なく思った。

「すみません、ありがとう」

と、申し訳ない気持ちでいっぱいの晴子と里子は、その店員にしっかりと礼を言った。

それからしばらくして、みんなから電話をもらい、水を送ったことが喜ばれていること

がわかって、里子は遥か遠くの今いる場所からでも少しは役に立った気がして、心がすっと軽くなった。

それまでは、夫の実家で呑気に暮らしている自分が、被災しても頑張っている人達に対して、とても後ろめたい気がしていたのだ。

（これで、やっと少しだけ安心できる）

そんなふうに、里子はこの時初めて思うことができた。

夕食はいつも揺れの心配もなく、美味しくのんびりと食べながら、均は、

「ああ、うまい！　揺れないのは、いいなあ」

と言いながら、翔とビールを飲む。

「均ちゃん、今、こんなことをしていて、いいんでしょうか？　あはは」

義姉の晴子が、傍から明るく、均をからかう。

「ほんとですよね、あちらのみんなは、今大変ですよね」

均も照れ笑いしながらも、ふと真面目な顔になる。

一向に復興は進まず、それよりもっと深刻さを増す福島の原発の状況に、みんなはどうするすべもなく、せめて今は明るい気持ちでいたい、そんな空気が漂っていた。

均一家が境港の実家に身を寄せて一週間余り、隣家の桜の大木の枝には日一日と花の蕾が膨らんで、本格的な春もいよいよ間近に来ていた。もうそろそろ桜の花も開き始めるだろう。それを、翔はとても楽しみにしていた。彼もそろそろ東京に帰らなければならない頃だ。里子はやっぱり、それが寂しかった。

翔がいることで、どれだけ心強かっただろう。彼はもう立派な大人なのに、それまで里子の中ではまだどこか頼りない気がしていた。

でも今度のことで、自分たちにもこんなにも頼りになる息子がいるのだということを、改めて悟《さと》った。その事実が均も里子も嬉しかった。

今度の震災で、どれだけ多くの、頼りになる息子たち、娘たちが、大切な命を落としたのだろう。里子の胸は痛んだ。

天災とは、何と非情なのかしら――今さらながら彼女はそう思った。

隣家の大木の桜が咲き始めるとすぐに、境港の一帯は桜の花で埋め尽くされた。どこに行っても、淡いピンクが辺りを彩っている。ちょっと肌寒いくらいが桜を長持ちさせるのだが、わりと暖かな日和が続いた。

そんな気持ちのいい日、晴子と均、里子、翔の四人で、境水道大橋のすぐそばのお台場公園へ花見に行った。そこは幕末の砲台跡にできた、白い木の灯台が立っていることでも知られる。その公園には三百五十本の桜の木が植えられていて、毎年、見物客を喜ばせていた。

その日も桜はほぼ八分咲きで、そこに素敵な景観を作り出していた。公園の階段を上がって少し高い所にある白い灯台が、その日は運よく開けられていた。中の急な螺旋《らせん》階段を上まで登り、いつもは下から見上げる桜の枝が、今は灯台の窓のすぐそこまで迫って来ていて、桜の花弁がよく見える。そんなふうに普段とはまた違った景色に、四人は喜んだ。

楽しかった花見も終わり、それから数日後、翔は東京へと帰って行った。米子空港で、明るく手を振り、颯爽と帰ってゆく息子の後ろ姿を見送りながら、里子は再び一抹の寂しさを感じていた。

翔が帰京して、二週間が過ぎた。四月も終盤になり、ゴールデンウィークが近づいた。震災がなければ、もうすぐ二歳になる孫の咲を連れて、八重たちが東北の家へ、家族で帰って来てくれていただろう。

里子はそれができないのが、残念でならなかった。けれど、ふと思い直した。少し会えないくらいが、何だというのだろう。同じ被災者の中には津波で家族を亡くし、大切な伴侶、子供、可愛い孫に会いたくても、二度と会うことができない人が大勢いるのだ。そんな人たちの悲しみに比べれば、自分の無念さは何という贅沢か。我慢、我慢と里子は自分に言い聞かせた。

今度のことで、義姉の晴子には本当に世話になった。その上、翔までが甘えてしまった。それでも彼は、代わりにインターネットという土産を置いていってくれた。それにかかる費用は、翔がずっと払ってくれるという。義姉の晴子は七十も半ばを超えているが、そうは見えない。気力も体力もすこぶるあって元気で、そんな晴子に、翔は自分のパソコンを使ってメールのやり取りの仕方、その他を伝授した。若い頃、ずっと仕事をしていた晴子は、まだ頭も相当若く、ワープロを打った経験から、キーボードを打つ技術の習得も早かった。そんな伯母に翔も、嬉々として教えていた。

そんな二人を傍で見ていた均と里子だったが、翔とその伯母のやり取りに、ふと里子は思っていた。若者は、年齢の壁などいとも簡単に取り除いて突き進む。そこには、不可能などはないのだ。里子などはつい歳のことを考えて、何かというと尻込みしてしまいそうだが、翔と晴子にはそれがない。伯母は、甥の翔から飛んでくるものをしっかりキャッチし、吸い取り紙のようにそれを吸収していった。見習うべきものがそこにあると、里子は思った。

結局、翔が買ってくれると言ったiPadは、翔の滞在中には届かず、彼は三人のために、自分のパソコンを置いて帰ることになった。翔のパソコンにはスカイプするために必要なソフトも入っているので、遠くにいる咲とも顔を見ながらの話ができると、均と里子は喜んだ。

晴子は早速、子供や孫とパソコンでのメールのやり取りを始めたが、それはめきめきと上達し、彼女はそれを楽しんだ。

翔が東京へと戻って行って、一か月が過ぎた。彼がいなくなってからは、やはり何か火が消えたようでもあり、ほっとしたようでもあり、何か淡々とした日々が過ぎていた。そんな中で均は、少しずつ畑を耕し、好きなじゃがいもを植えたりして過ごしていた。

季節も新緑の頃を迎え、均と里子は三月以来ずっと世話になってきた義姉に、ささやかなお礼をしようと、大山への一泊旅行を計画し、早速そこへ出かけて行った。

その時期、新緑の大山は風もさわやかで、里子は心がふっと解き放される気がした。今まで抱えていた、姿の見えない重く苦しいものが、尻尾を巻いて里子の中から消えて行く。代わりに、初夏を迎えた木々から漂ってくるその甘い息吹が、そんな里子の身体の隅々に浸み渡るようで、次第に心身が浄化されていく気がした。

その日、ペンション村で一泊し、ディナーはフランス料理。どこかで修業をしてきたというシェフの主人が、いろんな話をしてくれた。一方、オーナーの妻はガーデニングが趣味で、たくさんの賞をもらったということだった。今はちょっと盛りを過ぎたか、これからの花ばかりで、里子たちに最高の物を見せられないことを、彼女はとても残念がった。それからもう一つ、以前は大山の頂がレストランの窓から見られたのだが、隣に遮るものができてしまって、それもとても残念だと、さも悔しそうに三人に話して聞かせた。

そのペンションでの料理に出された白ワインが、その夜、三人にいっそうの旅行気分をもたらした。

里子は大山で心行くまで自然に触れながら、未だに進展の見えてこない、東日本での震災の酷さを改めて思った。大地震という天災が引き金になったとはいえ、人が作り出した放射能という恐ろしい物質で、多くの人が大切にする故郷の自然が今奪われようとしている。東日本の美しい新緑の山々、実り多い田園、野原そして海は、一見何の変わりもないのに、目に見えない物に汚されて、人が近づくことさえできない場所をも作ってしまっている。そのため、罪のない家畜、動物を路頭に迷わせ、たくさんの人々が今、戻りたくても戻れず、悲しみ、泣いているのだ。その中には均も里子もいる。何とか早くこの問題を打開できないのか。余りにも理不尽な現実に、里子はどうしようもない怒りを覚えた。

大山から戻って数日が経ったその日、均が植えたじゃがいもから芽が出てきているのを、彼は見つけた。

「自分の家にいたら、園芸もしばらくはできないだろうなあ」

均は、残念そうにそう言う。福島浜通りの家を出る時、敷地内にある菜園には、初夏に収穫できるはずの野菜が何種類か育っていたのだ。今年は実家で取れた、じゃがいもの収穫を楽しみにするしかない。

そんな日の朝、三人が朝食を食べていると電話が鳴った。義姉の晴子が出たが、すぐに、

「均ちゃん、あんたに」

と電話の子機を、均に渡した。

「もしもし」

電話に出た均が、「えっ」と驚いた声を上げた。何事かと里子は不安になった。

「そうですか。わかりました。そのうち一度、帰りたいと思っているんですけどね、まだ常磐線不通ですよね」

と話している。どうやら電話の向こうは、福島の自宅のご近所さんのようだ。

「ありがとうございました。何か、方法を考えます。お世話になりました」

と電話を切ると、心配顔の里子と晴子に均は言った。

「家の二階の部屋の、ベランダ側の戸が全開してるって。斜向かいの定森さんからで、今朝ご主人が、可燃物のごみを出しに行く時、気づいたんだって」

里子の頭は、真っ白になった。この頃、留守の家を狙った空き巣の被害も出ていると、最近のニュースで聞いていた。一瞬そんなことを連想したのだ。でも、そういえば、四月に入ってまた大きな地震があったと、先日、職場で仲良くしていた田村康代からメールをもらっていた。三月の大震災からちょうど一か月が過ぎた四月十二日に、福島県浜通りを震源とする大きな地震がまた起きていたのだった。その時動いた断層は、里子が勤めていたリゾート施設の近くを走っていて、施設にはさらに大きなダメージがあったと、康代からもメールで知らせがきていた。幸い今、施設は営業していないので人的被害もなく済んだが、さらに復旧が遅れそうだ、とのことだった。その二度目の大きな揺れの衝撃で、我が家もさらに傷ついている可能性があると、里子は思った。

「大雨の予報も出ているから、そのままではいけないんじゃないか、放射能も心配だしって」

均は途方に暮れた顔で、里子の方を見つめた。そのままでは、それこそ治安の面でも不安が残る。空気中に舞う放射能が、雨、風と共に、家の中に入り込む心配もある。里子は絶望感に襲われそうになった。

「そうだ！　住宅メーカーさんにお願いしてみたら」

里子は、とっさの考えで、均に言った。

「そうか、そうだね！　電話してみるよ」

均と里子は、家の建築を依頼した住宅メーカーの担当者と、メンテナンスのことなどで、ずっと懇意にしてきていた。震災後、家を出た後もずっと連絡を取っていたのだ。そんな二人にとって、唯一、頼みの綱はその担当者しかいない。二人は藁にもすがる思いだった。その担当者、木村さんとは、すぐに連絡が取れた。彼は快く引き受けてくれた。

「すぐ、行ってくれるって」

均は、やれやれとホッとした表情で嬉しそうに言った。

里子は、戸が全開していることを知らせてくれた定森さんとは、携帯電話で交信しあうことはなかった。けれど、均と里子がそこに家を建てた頃、既に住んでいて、地元のことにも詳しく、いつも何かと頼りになる隣人でもあった。今回はおそらく、避難をしなかったのではないか。何があっても、そこを離れないという信念を持っているご夫婦でもあったと、里子はその時、ふと定森さんが懐かしかった。

懐かしの我が家へ

五月に入ってしばらくして、常磐線が途中まで復旧したとの朗報が入ってきた。やっと、一度家に帰ることができる。均と里子はその準備にかかった。義姉の晴子はそれでもまだ、原発の現状を心配していた。

「余り長居せずに、要件を済ませたら、すぐに戻ってきなさいよ」

心配顔でそう言う晴子に、二人は、

「はい、そうします」

と言って、山陰の故郷を後にした。

翔からも、「絶対まだ安全とは言えないのだから、もし滞在中に大きな余震がきたらさらに危険を増す可能性だってあるのだから」と、最低限の用事を済ませたら、急ぎ山陰に戻るように言われていた。

それでも、均たちにとっては嬉しい旅行だった。東京では、孫の咲にも会っていく予定だ。八重たちも、放射能汚染の可能性がある危険な時期に、沖縄へ避難旅行のようなことで行ったらしかったが、今は戻ってきていた。

八重の家には、昼ごろ到着した。正月に会って以来の、五か月ぶりの再会だった。もうすぐ二歳になる咲は本当に愛らしく、だんだん言葉が単語から話し言葉へと上達していて、それがまた何とも面白く、均と里子はその孫のおしゃべりが可愛くてたまらなかった。

楽しくにぎやかな時間は、あっという間に過ぎ、夕方、二人は八重の家を後にした。東京から二時間、辺りが夜の闇に包まれた頃、常磐線湯本駅に着いた二人は、駅近くの寿司屋で食事を済ませた。その時そのカウンターの貼り紙に、『当店は全て築地からの直送です』と書かれていることに、二人は気づいた。本来なら小名浜港が近くにあるため、そこで獲れた新鮮な魚が鮨種として使われているはずだった。それが、今はできないのだ。二人は今初めて、震災の後の大きな傷跡をそこに見た。それは、原発から流れ出た放射能のため、そこで生活している住民が受けた本当の傷の深さを、改めて知ることにもなった。

駅前からタクシーを拾い、十分ほどで、二人は懐かしい自分たちの家の前に着いた。その帰路の途中、車の中で均は運転手に聞いた。

「どうですか？　最近の様子は」

するると運転手は、

「震災以来、閑古鳥が鳴いてますよ。にぎやかだった観光客も、ほとんどいなくなったし、駅前の温泉街はがらんとしてますねぇ」

その昔、炭鉱で栄えたここ湯本は、良質のお湯が評判の、にぎやかな温泉街だったのだ。運転手のそんな言葉に、均も里子も今はただ頷くしかなかった。

やっと帰り着いた懐かしい我が家。しかしその白い門扉は少し傾き、片方がずれていた。

里子はそっとそれを手で撫でた。小さい声で「ただいま」、そう言いながら……。

今は暗いので、家の周りの様子ははっきりとは掴めない。夜が明けてから改めて調べるしかない。そんな二人の前に二階建ての白い家が、路地の街灯の明かりの中にじっと佇んで見えた。急いで鍵を開けると、二人は玄関に入った。すぐに懐かしい我が家の匂いがした。玄関の電気を点けると、里子は今度はやや大きな声で、

「ただいま！　今帰ってきましたよ」

と呼びかけた。それから奥のリビングに入り、二人は一階の部屋の電気を全部点けてみた。ひんやりとした空気の漂う懐かしい我が家が、二人を嬉しそうに迎えてくれた。

水は出るはずだがガスはまだ止まったままだ。しかし、すでにガス会社には山陰の実家から電話して、明日来てもらうことになっている。わずか数日の滞在でも、これからちょくちょく帰ってくるはずの家だから、出入りの時のガスや電気、そして水の取り扱い方を聞いておかねばならなかった。

それにしても、何だか足元の床の感触が心もとない気がする。どうしたのだろう。均も里子も、二か月前にここから出て行った時よりも、何か少しだけ違った感じのする家の様子に、いやな予感がした。部屋のクロスには、前にはなかった亀裂が新たに入り、それは

一か所だけではなかった。それは見るも痛々しく、二人は遣り切れない思いでいっぱいになった。

里子は気を取り直し、リビングのカウンターの向こうのキッチンに回ってみて、また驚いた。そこには主の知らない、壮絶な時が訪れていたことを物語る痕跡があった。足元に食器が割れて転がり、出て行った時とは違うひどい状態になっていた。やはり、二人が留守の間にきたという四月十二日の揺れは、相当大きかったものと思われた。

さすが大手住宅メーカーの食器棚――と、三月の震災で食器を守ってくれたその扉たちに絶大な信頼を寄せ、食器を戸棚から出して下に置いておくという作業を怠った、里子の考えが甘かった。その頑丈な食器棚の扉たちも、二度目の大きな揺れや、度重なる揺れには耐えきれなかったのだろう。そんな振動の度に、少しずつ開いた隙間から大切な食器たちが飛び出したものと思えた。

「ごめんねー」

そう呟きながら、里子は怪我をしないよう、軍手を着けた手で、それを一つ一つ拾っているうちに、だんだん情けなく、悲しくなってきた。さらに、少しだけ涙でかすんだその目で良く見ると、まだキッチンの片隅には、割れた食器のかけらが透明の袋に入れられて置いてあった。おそらく、二階のベランダのガラス戸を閉めに来てくれた住宅メーカーの人が、その時拾ってくれたものだろう。度々の余震で開いてしまった二階ベランダの硝子戸を、主の代わりに来て閉めてくれたメンテナンス担当の、あの木村さんだ。あの時、藁にもすがる思いで頼んだ作業を、快く引き受けてくれたばかりか中の様子もチェックして行ってくれたのだ。本当に、感謝の気持ちで里子はいっぱいだった。

その時木村さんは、ベランダに梯子をかけ、二階に上がってくれたと聞いた。そして、開いたベランダのガラス戸を閉め、玄関から外へ出ると、置いてあった予備の鍵で戸締まりをしてくれたのだ。その鍵は均が場所を教えたのだが、木村さんにもすぐわかる場所だったことが幸いした。おまけに玄関には、その住宅メーカーからのお見舞いの品が箱に入って置かれていた。それは、数個のペットボトルに入った水と、放射能除けのレインコートだった。

翌日の午前中、その木村さんが上村家に立ち寄ってくれた。均が戻ることを前もって知らせておいたので、住宅メーカーにとっては震災後の忙しい中にもかかわらず、覗いてくれたのだ。

彼はまだ若く、最近奥さまに赤ちゃんが生まれたと聞いていたので、均と里子はささやかなお祝いを、感謝をこめて贈った。今の福島の環境は、小さい子には特にリスクが高いなどと聞くので、さぞ心配なことだろうと思いつつも、里子はそのことについては口をつぐんだ。今ここで暮らしていない二人が、とやかく言えることではない。

一日でも早く、福島の子供たちが元気に外で遊べますように――ただ、里子はそう祈るばかりで、何もできない自分の無力さがひしひしと身にしみた。

木村さんが慌ただしく帰って行った後、均は放射能除けに貰ったレインコートを早速着てゴーグルをはめ、ゴム製の手袋をはめるといった完全武装で、敷地内の草取りを始めた。それは、放射能に含まれるセシウムという汚染物質に、草木が汚染されている可能性があるからだ。里子には家の中のことをすれば良いと、外回りのことは全部均が引き受けた。その間に約束通りにガス会社からも人が来て、ガスが使えるようにしてくれた。

数日間の滞在ではあるが、ライフラインが復活すると心も軽くなる。水も出るようになって、早速、外回りを頑張ってくれている均のために、里子はバスタブにお湯を入れた。次に彼女は掃除機をクローゼットから持ち出すと、すぐに掃除にかかった。二か月間留守をしたけれど、部屋の中はほとんど汚れも目立たない。人の住まない家にはやはり埃もたたないのか、掃除をして出て行った時のまま、まるで時が止まっていたかのようだ。

それが済むと里子は急いで、山陰から持って帰った土産物を手に、近隣に挨拶をして歩いた。一度は避難した人たちも今は戻って、以前と同じ暮らしをしていた。ただ、目に見えない物との戦いは、まだ終わっていなかった。

「村八分に、なっていなかった?」

均は、里子にそんな冗談を言った。

やはり、みんなここで暮らしているのに、まだ戻らず、帰ってきてもまた出て行くことに、均も里子も、口では言わずとも心苦しさを感じていたのだ。でも、近隣の人たちは、均や里子の立場をわかってくれた。

「故郷があるんだから、もう少しそちらで、様子見た方がいいわよ」

と、一度も外へ出て行くことをしなかった定森さんが、里子に言った。

「上村さんがいなくて、ちょっと寂しいけど、また何かあったら連絡するから」

と、親切に言ってくれた。里子は定森さんに、ただ感謝するばかりだった。

均は家の敷地内と周辺の草むしりが済むと、今度は庭木の剪定にかかっていた。二か月の留守の間、クロガネモチ、蝋梅、モミジ、グミ、金木犀、数種類のツツジなど、それぞれの木々が、かなり伸び放題になっていたのだ。

蝋梅はずっと以前、均が山陰の実家から持ち帰って、そこに播いた種が今では毎年花を咲かせるまでになっていた。それは、春まだ遠い時期から密やかな甘い香りを漂わせ、近づいてくる春を知らせてくれた。家を建てた時に植樹したモミジは、毎年剪定してもすぐに電線に届くほどに成長して、秋に見せてくれる真っ赤に紅葉した姿が見事だった。垣根代わりのドウダンツツジは、春には白い可憐な花を咲かせ、秋には赤く紅葉して、これもまた二人の目を楽しませてくれた。秋と言えば、香り豊かな金木犀。この木も家を建てた時、一緒に植樹したものだった。

どの木々も、家と共に二人にとっては大切なものだ。均はビニール製のコートを羽織っているせいもあって、汗びっしょりになりながら黙々と庭木の手入れをしていた。

里子はそんな夫に持ってきたタオルと水を渡しながら、ふと、金木犀の大きな木の陰に寄り添って立つ、まだ小さい金柑の木に目を止めた。それは三年程前に買って植えたばかりでまだ背は低いが、それでもしっかりと黄色い実をつけていた。そこは、南からの日差しが良く当たる場所でもある。

昨年の春先、その金柑の葉の影に、黒アゲハの幼虫と見られる大きないも虫がかなりの数ついているのを、均と里子は見つけた。その金柑はまだ小さい木なのに、すでに新芽がその虫たちの被害を受けていた。次第に緑の葉が消えて行くのが余りにも忍びなく、均と一緒に、里子は「ごめんね」と言いながら割り箸でそれを挟み取り、しかたなく駆除していた。それは、甘くて美味しい実を期待してのことでもあったが、まさか一年後、黄色い大きな実をつけながら食べることができなくなるとは、予想もしなかった。こんなことになるのなら殺生をするんじゃなかったと、里子はいまさら後悔する。

グミの木にも、たくさんの花が咲いた。今年の秋にもまた、赤い宝石のような実をつけるだろう。思い起こせば昨年までは、近所に住む子供たちがグミが色づくと一緒に来て、その枝ごと手にして喜んで持って帰っていた。今年はそれも無理だろう。里子には、それもまた懐かしい。つい去年のことなのに……。

そんな日は、またくるのだろうか。放射能の汚染を心配せず食べられる、そんな日がすぐくるのだろうか……里子はしんみりそう思った。

昼食の材料を買うため、里子は近くのスーパーまで車を走らせた。しばらく乗っていなかった車だが、特に変わった所もなく快調な走りだった。行き慣れた懐かしい店だったが、店内の明かりに異変があることに、里子は驚いた。明るさが、震災前に比べて半分になっていた。その照明の力のなさに比例するように、生鮮食品の種類も少ない気がした。野菜は全部、遠くの県外から来たものばかり。かつての地場の物、もしくは近隣の県の物が、所狭しと並んでいた面影はどこにもない。地産地消で地元や近隣の県からの新鮮な野菜が手に入ることを、里子はとても嬉しく思っていたのだ。とても辛い現実が、そこにもあった。

心なしか、馴染みの店員の顔にも疲れが見える。数か月見ぬ間に、どっと年を重ねたかのようだ。里子は寂しい気持ちで、食材を買い終わるとそのスーパーを後にした。

家に帰ると玄関先に、均が使ったレインコートやゴムの手袋が、ごみ袋に入れられて置いてあった。汚染物質が付着している可能性のあるものは、捨ててしまうしかない。もったいない現実が、ここにもある。

均は風呂で汗を流し、さっぱりとした顔でパソコンを開いていた。家に残したまますっと使わなかったパソコンには、たくさんのメールが溜まっていた。

昨晩電話にも、数件の留守電が入っていた。均と里子の幾人かの知人が、やっと繋がった電話で主がいないことを知り、そこに伝言を残していた。それぞれが均と里子のことを本当に心配してくれていた。二人はその全ての人に礼を言って、無事を知らせた。その時誰もが二人の無事を喜んでくれた。

均が窓から見える菜園を指さして、里子に言った。

「あんなに育っていたよ」

その指の先、均の丹精していた畑には、じゃがいも、ニンニク、ねぎ、サラダ菜等が掘り起こされて、置かれたままになっていた。

「もったいないなあ。十分食べられそうなのに、やっぱり、食べるわけにはいかないんだろうなあ」

均はそう言うと、今度はパソコンの方を指さして、

「しかたないから、せめて写真に撮っといたよ」

と里子に見せた。そのパソコン画面には、デジタルカメラで写した後、そのメモリーで取り込んだ、野菜の映像が映し出されていた。

「何だかね、情報だと、セシウムのせいだろうっていうんだけど、異様に今年の野菜や雑草の生育がいいんだって」

「へえ」

と、里子は驚いた顔をした。

放射能に含まれる、そのセシウムという有害物質の名は、今、世間で一気に広がったが、それまで普通には聞いたこともなかった。人を死にも追いやる怖い物質なのだ。それが大地を汚し、自然の生態系に異変が起きるのだろうか。考えただけで里子は恐ろしかった。

今朝の食事は、昨日コンビニで買っておいた物で簡単に済ませていたので、昼食は我が家で久しぶりに食べる里子の手料理だった。まるで時間が戻ったかのような、そんな錯覚すら覚える平和な食卓。しかし、そんな時でも時々くる揺れが二人を現実に引き戻した。

こうしてはいられない。当初はこんなに長引くとは思わず、とりあえず必要と思われる物ばかりを持って出たが、今度は長期戦を覚悟して、貴重品は全部持ちだすことにした。二人がその準備に追われる中、里子に来訪者があった。玄関のチャイムが鳴って、二階にいた里子は急いで階段を駆け降りた。玄関の扉を開けると、

「上村さん、お久しぶりです」

そこには、すらりと背の高い四十代半ばの女性がにこやかに立っていた。リゾート施設の職場で知りあって、ずっと仲良くしてきた田村康代だった。里子が帰ってくると知って、来てくれることを約束していたのだ。今は職場も解雇になり、すぐ、失業保険がもらえたと喜んでいたのを、メールで里子も知っていた。

「次に来た四月十二日の地震はね、長さは三月のより短かったけど、大きな縦揺れで、キッチンのお鍋も吹っ飛びました」

康代は目を大きく見開き、その時の恐ろしさを話した。彼女はとても美しい人だ。けれど、やはりその顔にも、震災前にはなかった疲れらしき影が見えた。

「そしてね、お鍋にたっぷりおつゆが入っていたから、もう大変、泣きたくなりました」

康代が土産に持ってきてくれたイチゴのショートケーキと、里子の入れたコーヒーでお茶をしながら、二人、それまでのことを話した。

康代が遊びにくる時にはいつも持ってきてくれた、お手製のブルーベリージャムは今日はなかった。均も康代を良く知っているので、一緒にケーキを食べ、コーヒーを飲みながら傍で二人の話を聞いていた。

「施設のプールもね、大きな段差のある亀裂ができて、全く営業のめどがつかないんですよ。だから、一旦、ほとんどの従業員を解雇にして、また営業ができるようになったら呼び戻すから、それまで待ってる人は待っててくださいって言われてるんです。でも、失業保険も切れそうになったら、やっぱり仕事探すしかないかなあ」

まだ若く、学生の子供を抱えた康代にとっては、切実な問題だった。

康代は生粋の福島っ子で、夫の実家には田畑があり、パートで仕事をしながらも米や野菜を作る夫の両親の世話をしたり、自分も畑で作物を育てたりとなかなかの働きものだった。

「康代ちゃん、えらいわねえ！　すごいわあ」

まだ若いのにそんなことを苦もなくやってのける康代が、里子にはその頃とても健気に見えた。そこで取れた産物を、康代は地元の野菜が並ぶ店にも出荷し、少々の小遣い稼ぎもしていたのだ。康代の夫も、普段は企業で働くサラリーマンだったが親の米作りなどを手伝いながら、自分の仕事と親の家業を両立させていた。若い頃二人は同じ職場にいて、当時、一回りも違う彼にくどき落とされたのだと、康代がいつか里子に話してくれたことがある。

「美人だものねえ」

そんな話を、里子が均に話して聞かせた時、さもありなんというふうに彼は言ったものだ。

そんな康代が、悲しそうに言う。

「今はね、農作物が全部出荷できなくて、捨てるしかないんですよ。今年はブルーベリーも良くできていたのに。今は畑も作れないし……」

そして、彼女は話し続けた。

「お陰で、失業保険もらいながらごろごろして食べてばかりだから、二キロも太っちゃった」

と、お腹のあたりをさすりながら明るく笑った。

まるで妹のような康代と話をしていると、里子はいつでも気分が明るくなる。その日も、久しぶりに穏やかな時間が過ぎていった。けれど、そんな時でも容赦なく揺れは来た。

「あっ、まただ！」

康代の、困惑した顔を見ながら、

「きた！」

と、里子も思わず足を踏ん張っていた。

久しぶりの元気な友との語らいも、そう長くはできない。名残惜しそうに別れを告げる康代に、山陰で買ってきた彼女へのお土産を渡し、里子と均はまた帰って行くその車を見送った。

その後均は、すぐに二階での作業に戻るため家の中へ入って行った。しかし里子はその余韻から離れ難く、その場に立ち止まったまま、今朝、外を二人で見回った際に、より大きくなったと気づいたカーポートの下のコンクリートのひび割れを、じっと見つめた。車の下のそれは、三月の時から比べてやはりずっと大きくなっている。改めて彼女は、どうしようもない遣り切れなさを感じていた。

今、康代を見送った寂しさとそのやり場のない辛さに、里子の心は沈んだ。そんな里子の姿を見つけて、隣の垣根の向こうから声がかかった。松島さんの奥さんだった。

「上村さん、被害の査定はどうでした？」

留守の間に、市から家の被害を見にきていたのだ。結果は、そうたいしたものではなかった。

「お陰さまで、そうひどくないって。一部損壊でしたよ。でも、こんなにひび割れ大きくなっちゃって」

里子が松島さんの奥さんに、そう答える。

「大きな余震もしょっちゅうだし、外からだけでなく、今みたいに家にいる時に中からも見てもらった方がいいんじゃないかしら。主人もそう言ってますよ。うちも三月の地震で裏の水道管が割れて、水漏れしたので工事してもらったばかりだったんだけど、四月の地震でまただめになっちゃった。状況は変わるみたい」

「そうなのね、ありがとう。そのうち考えます」

里子は、そう彼女に礼を言った。

松島さんと別れると、里子はついでに、均と朝にも一度見ていた、北側にある家の裏の高い石垣を、もう一度見に行った。そこには万が一の大地震でも、石垣が崩れて下に落ちないよう、特殊な工事がしてあった。五、六メートルはある高さの石垣に、均が専門家と相談して念のために施したものだ。それは、石垣を半分ほどの中間辺りで削り、ちょうど石垣が二段になるようにして、その段差がある場所には小さな倉庫なら一つ建ちそうなくらいのスペースができていた。それだけ費用も大きかったが、彼はその時、安全が第一とその出費を惜しまなかった。

その甲斐あって石垣は無事で、家の様子も見ただけでは今のところ無事だ。でも、窓枠を隣家の家に合わせて視線を凝らせば、少し傾斜しているようにも感じると均は心配していた。昨晩帰って来てすぐ感じた、床の違和感もそのせいなのかもしれない。もしそうだとすると、家が傾斜したということか。そうであれば、傾斜が進んだのは、均と里子が避難で家を空けて、その後戻れなかった四月十二日にきた大きな余震によるものと思えた。

それは先に起きた大地震によって、住宅団地の近くを走る断層に変化が起き、大きな余震を招いたとも聞いていた。もともとは眠っていた断層で、動く確率はゼロに近かったとも聞く。しかし運悪く、その地下振動による大きな縦揺れによって、さらに山側周辺の被害が増大したのだ。里子が働いていたリゾート施設でも、それによってまた被害を受け、先ほど康代が言っていたように、さらに復旧が遅れているのだ。

上村家から見下ろす、下の通りに並ぶ家々にも、三月の地震では見られなかった被災の跡が目につくようになっていた。家の屋根にはブルーシートが掛けられ、地面や塀の所々にひび割れができている。それは、二度目の地震がいかに大きかったかを物語っていた。しかしいまもなお、余震は続いているのだ。

もう一度、専門家に診てもらった方がいいのだろうか――里子は次第に胸の内から湧き出してくる、その不安を抑えるのに必死だった。その時、里子の眼下に映る、まだ新しいはずの家々が、今は心なしか生彩を欠いて見えた。

二階の部屋での片づけを、里子も再開した。里子は衣料用クローゼットの中に散乱した物を片づけていたが、その作業の手は滞りがちだった。それとは別の部屋で、均は見事に倒れた本棚を元に戻したり、散らばった本を重ねて下に置く。今、それを本棚に戻しても、またいつ同じことになるかわからない。余震はこれからもしばらくは続くだろう。とりあえずは全てが落ち着いて、自分たちが戻ってこられる日までそうしておこうと、均はその作業を黙々とこなしていった。

震災後初めて二人が福島の自宅へ帰り、そこから山陰に戻ってきて三か月が過ぎた。八月に入って、定森さんの奥さんからの電話が再びかかってきた。また、ベランダのサッシ戸が全開しているという。鍵はしっかりロックしてきたのになぜかと、里子も均もすぐには信じ難かった。だが、とにかくまた開いているというから、そうなのだろう。均が、今度は一人で帰ってくると言った。二人だと費用も倍掛かる。やはり東北までだと出費も大きい。里子は改めて、山陰との距離を感じてしまう。すぐに旅の準備をして、翌日早朝、均は再び福島へと旅立った。

三泊四日の一人旅から、均が帰ってきた。今度はガラスのサッシ戸が動かないよう、細い棒をそのレールの上に置いてきたという。畑で野菜などに使う支柱だ。それなら完璧だろう。庭は五月に手入れしたにもかかわらず、雑草が茂っていたので、また全て取り除いてきたという。さぞ一人で大変だったろうと、里子は均を労った。

家を長期に空けると、これからは、雑草の問題が悩みの種になる。そこで均は住宅メーカーの木村さんに会って、その件も頼んできたと、里子に話した。費用はかかるが、自分たちがいちいち帰ることを考えたら、ずっと安上がりだからと彼は言った。ついでに地震後の家のはっきりした調査も、依頼してきたという。その場合の修理にかかる費用の見積もりも頼んだと、均は里子に言った。

こんな二重生活がいつまで続くのだろうかと、その時里子は見通しのつかない現実にひどい疲れを覚えた。

ほんとうの故郷ともうひとつの故郷

「里子ちゃん、よう、帰ってきたねえ」

「あんたのお父さんも、里子ちゃんが参ってくれて、ほんと喜んでおられるよ」

先ほど里子は、久しぶりに父の墓参りをしてきたところだ。

里子はこの日、ふる里で、懐かしい従兄たちの歓迎を受けて、手作りの料理でもてなされていた。目の前には、子供の頃、慣れ親しんだ、とても懐かしい食べ物が並べられている。その中でも里子が特に懐かしいのは、干しタケノコ、干しシイタケ、鶏肉、人参、牛蒡、こんにゃく、サトイモなどを一緒に煮て、酒、醤油、砂糖で味つけた、ふる里の味そのものが詰まった煮しめだ。

干しシイタケは本州でも一般的だが、ここ九州大分ではタケノコも干したものが使われている。もちろん、旬の頃は美味しい生のタケノコが豊富にあるが、その豊富な生のタケノコをその時期にスライスして干し上げる干しタケノコも一般的だ。それは保存用にもなるし、いろんな時に一つの食材としても便利だった。タケノコの水煮と違って、それはまた変わった食感で楽しめる。その煮しめも、鶏肉の旨みと少し砂糖で甘みを利かせた醤油味がよく染みて、何度食べても飽きない。

子供の頃からこの独特の味と干しタケノコの食感が大好きで、ふる里を出てからも、母が送ってくれる干しタケノコを使って、里子はよく調理した。小さな子どもたちを連れて里帰りした時もよく口にして、八重などは子供ながら、好きでよく食べた。「八重ちゃんは、好みが渋いねえ」などと、そんな八重を大人たちは囃して喜んだ。

その日里子は、還暦の同窓会に出席するため故郷に帰ってきていた。大地震のあった年、里子は還暦を迎えたのだ。

今は、実家には誰も住んでおらず、心寂しい思いはあるが、これも仕方のないことだ。そんな中で、たまにしか会うことのない親戚との再会はとても懐かしく嬉しい。

伯母もその年の初めに亡くなり、従兄の家では、ちょうど初盆（新盆）でもあり、里子はその亡き伯母の遺影にも、お参りしたのだった。

「この度は、ほんとに、大変やったねぇ」

その従兄たちが、大地震で被災した里子に見舞いの言葉をかけてくれた。

「これから、どうすると？」

中でも一番年長の従姉が、里子に聞いた。

「うん、福島の方はまだ余震が続いているし、原発のことも心配だし、山陰の主人の実家の方で様子見ようと思って……」

「そうね、山陰なら九州にも近いし、もうそっちに帰ってきたらいいが」

そう従姉は言う。

「家も、地震でだいぶ傷んでるみたいで、住めるかどうかまだこれからだけど」

そう里子は話しながらも、自分が今ここにこうしていることが、なぜか不思議でならないのだ。もし、震災がなければ、遠い福島から、こうして今帰ってきていただろうか。おそらく帰ってきてはいないだろう。これまでも時には帰ることがあっても、ほとんど遠方を理由に、同窓会も墓参りも諦めてきた。しかしこの現実は、一体何なのだろう。こうなる運命だったのか。彼女はそこに何か、目に見えないものの大きな力が働いている気がしてならなかった。

だとすれば、自分たちはもう、福島には帰ることはないのか。この年で、また一からやり直しなのか。均にとっても生まれ故郷は懐かしいに違いない。けれど実際は、浦島太郎の心境ではないのか。「均ちゃん」と呼んでくれる人がたくさんいて、本当に昔に戻れる、安らかな思いはあるだろう。でも、厳しい大人の時代を生き抜いてきたのは生まれた地ではない。しかも、また故郷に戻ることになろうなどとは、数か月前までは夢にさえ思ってもいなかったことなのだ。

老後の生きがいでもある、音楽の趣味はどうするのか。東北や北のまだ見ぬ地を旅するはずだった、その計画はどうなるのか。そんなに簡単に残りの人生を、自らが変えてしまうことができるものなのか。

東北福島は、二人にとって故郷から遥か遠い地ではあるが、縁の深い地でもある。いったい、自分たちはこれからどう進んだらいいのか。里子は従兄たちと談笑しながらも、心の中では、自分の気持ちをどう決めてどこに落ち着かせれば良いのか、迷い続けていた。

里子の両親の故郷でもある日田は、夏は暑く冬は寒いと言った、盆地特有の気候でも有名だ。水郷としても、よく知られている。また、昔から有能な学者を輩出した所でもある。江戸時代からの城下町であり、何より小京都と言われるだけあって、そこには落ち着いた静けさがある。産物の肉厚のどんこ椎茸、深山から採れる日田杉は昔から有名だった。その杉材を使った民芸品は、昔小さな子供たちを連れて里帰りした際に、里子もよく利用した。

成長して故郷を後にしても、人はふる里を心の拠り所とする。困難に遭遇しても、それがあるということで何とか乗り越えられたこともあると、里子はそんな気がする。なら、子供たちは？　子供たちにも、そんな場所を作ってやりたかったのではないか。里子は、また深く悩んでいた。

同窓会に集まった昔の仲間たちも、里子に見舞いの言葉をかけてくれた。

「里子ちゃん、大丈夫やったと？　大変やったねえ」

「今日はまた、よく来れたねえ」

里子が、夫の実家に避難していることを話すと、

「山陰なら、ここから近いし、また時々会えるね」

そう言って、みんな喜んでくれる。やはり、西国で育った里子には、しばらく忘れていた安らぎでもあった。そして、ここでもまた、何か見えないものに引き寄せられているような、そんな大きな力も感じる。

そんな同窓会も、里子にとって思えば十数年ぶりのものだった。まだ若い頃は子供たちの夏休みに時々帰省し、同窓会に出たこともあった。でも最近では、それもほとんどなかった。

同級生たちとは会えば一気に時を飛び越えて、子供時代に戻る。男の同窓生にいきなり手をひっぱられ、無理やりダンスの相手をさせられたが、里子には無理だった。もっとダンスを上手に踊れるような、そんな大人になっていればよかったのにと、里子はそのことを、我ながら不甲斐なく思った。バックで軽快に流れる、生演奏でのベンチャーズの曲が、一層雰囲気を盛り上げているのに、もったいなくもあった。そんな情けない里子にも、友人たちは温かく声をかけてくれる。みんなとの、時空を超えた楽しい語らいの輪は、広が

る一方だった。

久しぶりにおしゃべりに花が咲き、みんなと無邪気に笑いあって、里子は心洗われる時間を過ごした。二十年近く会うことのなかった恩師にも再会でき、それは里子にとって、特に思いがけない嬉しい出来事でもあった。そんな時間は瞬く間に過ぎ、また次があることを願って、懐かしい昔の仲間たちと別れた。

日田に旅行で来たことがあるという山陰の義姉に、彼女の好きな日田の名産、柚子コショウを土産に買って、里子は久しぶりに安らぐことのできた、その場所を後にした。


均のふる里は農道を通りかかっても、腰が曲がったお年寄りが元気に畑仕事をしている。若い後継者が少ないからかもしれないが、きっと老人が長生きできる、そんな所なのかもしれない。老人に限らず、若い人も暮らしやすいのではと、均と里子は思っている。というのも、午後になると近くの小学校から帰る子供たちのために、こんな町内放送があるのだ。

「今から、子供たちが下校します。地域の皆様は、子供たちの安全を、見守ってくださいますよう、お願いいたします」

というものだ。均と里子はこれを初めて聞いた時、本当に驚いた。今まで移り住んだ場所で、こんな温かな町内放送を聞いたことがなかった。地域のみんなで、子供を守る、それが当たり前の環境ができているとしたら、何と素晴らしいことか。今は、地方の町なら珍しいことではないのだろうか。

一方景観はと言えば、どこまで行っても広い台地が広がり、遠くに島根半島、大山の稜線が見えているだけで、近くに山らしいものはない。まだ、均の実家に来たばかりの頃、実家に置いてあった車で、息子の翔も一緒に海側に近い道路を走った時、どこまでも広い台地に、「北海道みたいね」と里子が言うと、翔に笑われた。あこがれの地でありながら、まだ北海道に、里子は足を踏み入れたことがない。かの地を知らない里子が想像だけで、そう比喩してしまっても仕方がないくらい、広々としている場所も多い。

里子が、義姉の晴子を車に乗せてそんな所を走ると、彼女はいつも残念そうに言う。

「こんなに広い休耕地があるのだから、全部耕して、仕事がないという若者が集まって何か育てたら、もっと元気な街になるのにねえ」

と。とても暮らしやすい環境と思う里子の気持ちに反して、やはり、若者は出て行くのだろうか。

しかし、そう言えば、最近になって、何人かの若者が一緒に、特産の葱畑で機械を使って耕作、あるいは収穫をしているのを時々見かけるようになった。均と里子はほぼ日課となっているウォーキングの途中、そういう場所を通りかかると、つい立ち止まって、その様子に見入ってしまう。本来、人間の手でしていた農作業を、手際良く機械がしているのを見るのは飽きない。好奇心の強い均なら、よけい気になるはずだ。

そんな平穏な時の中にいると、二人は遥か遠い所に抱えている問題をふと忘れそうになるが、現実はそういうわけにはいかなかった。いつまでたっても中途半端なまま、先の見えない生活は、里子にとって落ち着かないものでしかなかった。鳥取の境港での生活が身近になればなるほど、好きになればなるほど、自分たちの立ち位置そのものがとてもあやふやなものに思えて、やりきれなかった。

均は、知人が多い。故郷なのだから当たり前だが、親切にみんなが声をかけてくれる。そんな中で、震災から一年が経っていた。その頃ボランティアに誘ってくれる人がいた。均と里子は、被災したことで大勢の人に本当に世話になった。そのことで、何か自分たちも役に立つことがしたい、そう思っていた。そのボランティアの会合があるという。誘われるまま、二人はその会合に出てみることにした。

境港市は、昔から良港のある漁港の街として栄えた。今では全国的にも有名な、漫画家水木しげるの生家があり、水木しげるロードがある所としても知られている。それは境港駅前から水木しげる記念館までの、八百メートルの道を挟んでたくさんの妖怪ブロンズ像が立ち並ぶ、いわゆる囲いのないテーマパークだ。

そのブロンズ像たちのお陰で、さらに境港は、とても元気な街になった。ブロンズ像の数も、平成五年の二十五体から始まって、二十年近くの間に百体を遥かに超える数にまでなっている。これからもますます増えそうだ。時にはスポンサーを公募して、一体百万円で製作されたと聞く。のんびりと歩いて、見て、食べて、スタンプラリーもしながら、子供から大人までが楽しめる。

今、その水木しげるロードのボランティアガイドを養成しているというのだ。里子はベテランガイドの話を聞きながら、楽しそうだとは思ったが、とても自分たちには無理だと思った。ところが、

「均ちゃん、やってみない？」

いきなり、均を子供の頃から知っているベテランガイドの森田さんが言った。

「ええ、いいですよ」

何ということか、均が承諾したのだ。まあ、均はここで育ったのだから、できるのだろう。里子がそう思っていると、

「二人でやりますから」

またまた、何ということだろう。均は、里子まで巻き込んだのだ。

（冗談でしょう？）

里子は慌てた。そして、均の肘をつっつく。すると、

「大丈夫、大丈夫、やればできるから」

と、均は簡単に言う。そうして結局、二人はボランティアガイドとして頑張ってみることになった。

東日本で被災して、故郷に戻っているボランティアガイドの卵は、ちょっとした話題になるのか、ケーブルテレビの取材を受けることになり、二人は思わぬ展開に戸惑った。けれどこういう勢いというものは、本人たちの意思ではどうにもならないものらしい。均と里子は仕方がないので流れに身を任せて、ついにはケーブルテレビに二人のガイドする様子が映し出されることになってしまったのだ。にわかに勉強を重ね、まだまだ未熟ながらも晴れのガイドデビューの日、傍でカメラが回るという初めての体験をしながら、二人は

何とか役目を終えた。
思いもしないことが、震災以来、二人の身の上に次々と起こる。けれど、周りで気にかけてくれる人たちの優しさが、里子の胸に沁みた。

均の故郷は、二人にとってとても居心地の良い、できることならこのままここで老後を送りたい、次第にそんなふうに思える場所になってきていた。とはいえ、二人にはまだ問題が山積しているのだ。呑気に構えているわけにはいかない。今の立場も、中途半端なことには何の変わりもない。里子は、夜、時々、寝床でうなされるようになった均の心情も、自分と同じなのだろうと切なくなった。あの大地震がなければ……思っても仕方のないことを、またくよくよと考えてしまう。

のんびりと過ごせる山陰の故郷と、重い現実を抱えた東北の自分たちの家とを、二人が行ったり来たりする日々がしばらく続いた。初めて、均の実家から福島の家に帰った時、家の内部に何か違和感はあったが、それが何によるものか、その時二人はまだわからないでいた。その後の調査で、それが家の傾斜によるものだろうとわかった。修理にかかる費用の見積もりも終わり、今後どうするかが二人にとって最大の問題だった。それに、まだ進展のない、原発への不安もあった。しかしみんなは、以前と変わらず生活しているのだ。うかつなことは言えない。

そんな気持ちの中で、二人の心にちらちらと宿り始めていた、故郷への思い。第二の故郷ではなく、本当の故郷への思いなのだ。一人で元気に暮らしてきて今もそうしている義姉晴子だったが、その義姉とも離れ難くなってきていた。義姉に大きな恩を感じていたということもあるが、第二の故郷には肉親という者が一人もいない。それも先のことを考えると、二人にとって寂しいことかもしれない。

それでも、遠くの親戚よりも近くの他人と言うから、おそらく東北でも、友人、知人たちがいれば心配はないと今でも里子は思う。事実、これまでにも近燐には、お世話になっている。時々帰ってくる均と里子を、みんなは変わらず温かく迎えてくれる。職場の後輩だった康代にも、山陰から頼みごとをしたこともある。親戚でもないみんなに、本当に世話になっていた。

どうしたらいいんだろう。二人は心の奥底で、ずっと悩み続けた。

そんな生活が一年半ほど続いた震災から二年目の秋、再び、東北へ向かう二人の姿が、米子鬼太郎空港にあった。その日のうちに福島の自宅に帰りつきたいと願う二人にとっては、すぐ近くに羽田行きの飛行機が発着する空港があるというのは有難くて夢のようだ。費用は、福島浜通りの家から電車で東京に出るのに比べてずいぶんかかるが、それでも利便性が高いことは嬉しい。孫の咲にも会って、その日のうちに福島の自宅に戻ることができる。翔のお陰でインターネットを通してスカイプで、咲には何度も会っているが、やはり、抱いたりすることができないのが里子には寂しかった。

会う度に大きくなる孫。均と里子はその度に、元気をもらって帰るのだ。咲はまだ三歳にも満たないのに、言葉の上達は著しい。それを聞いているだけで、二人の心は和らぐのだ。

その日も朝一番のフライトで、均と里子は十時前には娘たちの住む家に着いていた。

「オカアサン、ナニツクッテルノ？」

おしゃべりもしっかりしてきた孫の咲が、キッチンに立つ八重の手元を背伸びして覗きこみ、聞いている。

「うん、お弁当よ」

八重が咲に答えている。八重の夫、学とおしゃべりをしている均と里子の耳にも、それが聞こえてきた。

「エ、ダレノ?」

咲が尋ねる。

「あのね、おじいちゃんと、おばあちゃんの」

八重が、どうやら両親のために手作りの弁当をこしらえているらしい。里子は思わず、

「八重ちゃん、私たちのはいいわよ。忙しいのに」

と声をかける。

「ううん、大丈夫よ。大したものはできないけど、電車の中で食べてね」

キッチンから八重が言う。

咲が、ぴょんぴょんと跳ねるように飛んできて、

「オカアサンガネ、ジイジトバアバノオベントウ、ツクッテルンダッテ」

と、父親の学の顔を覗き込み、嬉しそうに報告する。

「そう、だから、咲もいい子にしていてね」

学は本当に優しいパパさんだ。咲は、

「ウン」

と答えると、今度は、ぴょんと里子の膝に飛び込んで、「うふふ」と笑いながら、じっと祖母の顔と祖父の顔を交互に見つめる。本当に可愛い。

今度は、均の膝に移り、

「ネエ、オジイチャン、コレヨンデ」

と、傍に置いていた絵本を均に渡す。それを嬉しそうに均は受け取り本を開いたが、ただ黙って読んでいる。咲も大人しく均が読み始めるのを待っているのだが、祖父の口からは音が出てこない。すると、真剣な表情の咲は、傍でデジタルカメラを構えて動画を撮っていた里子に向かって言った。

「ネエネエ、オジイチャン、ワカンナインダッテ」

ちょっと照れ屋の均が戸惑っているのかと思い、

「じいじ、声を出さなきゃあ、ねえ」

と、咲に同意を求めて、その本を覗きこむと、何と英語だ。

「ああ、いやいや」

均は、我に返ったように言うと、

「It is fun. おもしろいね！」

と言った。すると、間髪いれずに咲が、

「ナアンダ！」

と、一人前に言う。その素晴らしいタイミングと愛らしい仕草に、みんなは大笑いした。その咲の一言で、一気に、その場が和む。

均はその本に一度目を通し、孫娘に読んで聞かせている。それにしてもと、里子は驚き、

「咲ちゃんは、もう、英語の絵本？」

と、娘婿の学に尋ねる。

「あ、いえいえ頂いた本を、そのまま置いてるだけです」

と学。咲は、たくさんの絵本に囲まれて、いつの間にか、絵本が大好きな子供に育っているようだ。

楽しい時間というものは、どうしてこんなにも早く過ぎてしまうのかと里子は残念に思ったが、あっという間に時は過ぎて、すでに二人が乗る電車の時間が迫ってきていた。

別れを告げる祖父と祖母の頬に、玄関先でちゅっとキスをして、咲が自宅の前の道端で父親の学と一緒に手を振る。上野まで送ると言う八重と一緒に、均と里子は、見送る学と

咲に手を振り、里子は何度も二人を振り返りながらその場を後にした。

上野駅で八重に手渡された、まだぬくもりの残る娘の作った弁当と、温かい飲み物を抱えて、常磐線の列車に二人は乗り込んだ。上野から二時間、二人を待つ第二の故郷の我が家へと向かって、その電車は走る。

辺りがすっかり暗くなって、常磐線の湯本駅に到着した二人はいつもの通り、駅前でタクシーを拾って、我が家に向かうのではなく駅近くのビジネスホテルへと歩いた。そこへ辿りつくと、チェックインをして二人は慣れた様子で部屋へと向かった。

その日は走る電車の中で、八重の作ってくれた心づくしの弁当を食べていたので、夕食の心配はなくそのまま入浴し、二人は翌日に備えて、早めにベッドに入った。均と里子はその日、自分たちの家には戻らなかった。というより、戻ることができなかったのだ。その時、二人の大切な家は、もう住める状態にはなかった。

震災の年の夏、度重なる余震で、ロックしたにもかかわらず再度開いてしまったベランダの戸を閉めに均が一人で帰ったその時、住宅メーカーに調査を依頼したと同時に、松島さんの助言を受けて、二度目の調査を市にも申請していた。

秋に調査の日が確定し、その後再び二人で福島に戻った際、改めて調査が入った。その結果、家は大きく傾斜していることがわかった。専門家はまた新しく建てかえた方がよいと言う。今のまま、大きい金額で修理しても保証はできないと言うのだ。

予想しなかった事態に、今後どうすればよいかを二人は思い悩んでいた。人生の集大成とも言える自分たちの大切な財産なのだ。何より愛着がある。この場所を二人の終の棲家と選び、子供たちの心の拠り所としても、これから大きく育んで行こうとしていたのだ。子供たちにとっても、生まれた地でもあり、他所での暮らしが長かったとはいえ、翔と八重にとっても良い古里になると思っていたのだが、両親のその思いはみごとに打ち砕かれそうになっている。

そんなところに、期限を区切って、行政の補助の下で家を解体してくれるという話を聞き、二人の心は何度も悩み揺れ動いた。

そしてその後、震災から一年五か月程経った、この夏。まだ揺れ動く気持ちを抱えたまま、とりあえず、思い切って処分できるものはしようと、いつもの通り二人は福島浜通りの自宅へ戻ってきていた。

整理に明け暮れる日々、それから三日ほどした朝、洗面所から戻ってきた均が、

「何だか、変だなあ」

と、テーブルの椅子に座りながら言った。そして里子を見てすぐ、

「救急車」

と言った。

余りの突然の出来事に里子はついて行けず、一瞬キョトンとする。

そんな妻にまた彼は、

「早く、救急車呼んで」

と言う。

里子は我に返り、とっさに傍の電話の受話器を取ると、一一九をプッシュした。

「はい、消防署、一一九です」

と、落ち着いた声が聞こえた。

「主人が、急に気分が悪いと」

それ以上どう言えばいいのか、里子が均を見ると、彼はおぼつかない手で血圧を測定しようとしていた。たまたま彼の傍にそれがあったのだ。

そして、うまく測定できたのか、里子にはわからなかったが、

「二百ある」

と言う。そんな血圧の高さは、均にはこれまでに一度もなかった。里子は動転した。

「血圧が二百あるって、本人が言ってます」

「わかりました。住所を、はっきりとお願いします」

その言葉に促されるように、里子は住所を言った。

「五分後には着けると思います。家の前あたりで合図してもらえますか？」

「はい、わかりました」

里子は後になってその時のことを思い返しても、どうして自分がそう完璧に動けたのかわからない。気は動転し、心は上の空だったはずだ。

それでもその時、見た目には彼女は落ち着いていた。急ぎ外に出て、家の前で待っているとすぐサイレンが響き、救急車が来るのが見え、里子が手招きすると傍まで来てそれは止まった。さらに車が道の片側に寄ると、二人の救急隊員が担架を持ってすぐに降りてきた。玄関から奥のリビングに救急隊員が入って行きながら、開いた部屋の中央の椅子に座っている均を見て、大きな声で、

「大丈夫ですか？」

と声をかけながら近づいた。

その時均は、

「すみません」

と一言、彼らに謝った。

救急隊員の一人がすぐに均の手をとり血圧を測る。その時はすでに、だいぶ落ち着いていたのか、均を担架に乗せようとせず、

「歩いてみますか？」

と彼に聞いた。均もそうすると言い、二人の救急隊員が均を両側から支えて歩こうとしたが、彼は思うように前に進めなかった。でも意識ははっきりとしているらしく、

「変ですねえ。うまく、前に進めませんねえ」

と、ぼやいている。それでも、何とか救急車まで辿りつき、車の中に寝かされた。その時になると、車の近くに近隣の人たちが均を心配して出てきていた。

「どうしたの？　ご主人、大丈夫？」

定森さんの主人が里子に尋ねる。

里子は目でみんなに会釈して、均の傍に行った。救急車のバックドアが開いたままで、

中では女性の救急隊員が、均の血圧を測りながら何か聞いていたが、均はそれにきちんと答えている。それを見ながら里子は少しだけ、自分が落ち着きを取り戻してきたのがわかった。一応の問診など調べが済むと、男性の救急隊員が里子に言った。

「奥さんは、車は運転されますか？」

里子が「はい」と返事をすると、彼は、里子たちの家から車で十五分ほどの所にある大きな病院の名前を言い、そこの耳鼻科に均を搬送するので、そこへ里子も行くようにと言う。思わず里子が、

「救急車の後に、私も着いて行くのですか？」

と聞くと、その隊員は少し笑って、

「いえ、そんなに飛ばされたら、大変です。私たちは先にご主人を搬送しますから、奥さんは後からゆっくり来てください」

と言った。そして続けて、

「くれぐれも、火の始末と、交通事故には気をつけてくださいね」

と念を押して、車はまたサイレンを鳴らしながら離れて行った。

里子は心配して来てくれた近隣の人たちに少しだけ事情を話し、騒がせたことを詫びて

急いで支度をし、言われた通りどこも火の気がないことを確認して、指示された病院へ車で向かった。

その病院は、いつも込みあっていることで知られていた。駐車場に車で入って行くと、うそのようにただ一か所だけ、空いているのが里子の目に留まった。まるで、里子の来るのを待っていてくれたかのように、しかも中央玄関から、そう離れていない場所にだった。里子は急ぎそこへ車を入れて、その幸運に心で手を合わせながら先ほど指示されていた耳鼻科へと急いだ。

受付の前に、人の座っていない車椅子が一台、ぽつんと置いてあった。受付で名前を言うと、

「あ、先ほど運ばれてきた」

と、すぐわかってくれたが、今診察が終わって、待ってもらっているはずだという。どこにいるのかしらと辺りを見回す里子に、傍のソファに座って順番を待っていた年配の婦人が、

「今、トイレに行かれましたよ」

と、空いた車椅子を指しながら親切に教えてくれた。

里子は少しほっとして礼を言い、その車椅子の傍に立って、すぐ近くのトイレから均が出てくるのを待った。均は何とも複雑な表情で里子を見たが、何も言わず自分の車椅子に戻った。

すぐに名前が呼ばれ、里子も一緒に入って医師の話を聞いた。その時医師は均の脳には異常は見られないと言った。おそらく、ストレスによるものだろうと言う。その医師の話を聞いて、均が言った。

「実はですね、震災で、家が傾斜してしまいまして。そこで三日ほどほとんど休憩なしの状態で、ずっと片づけをしていたんですが」

すると、その耳鼻科の医師は、

「傾斜した場所に長時間いると、均衡感覚がおかしくなり、生活に支障をきたすとも言われてますからねえ」

と言った。

聞いてはいたが、やはりそうなのか……里子はその時、そう思った。

とにかく大事には至らず、安定剤の薬だけを受け取り、均を車に乗せて、家路についた。

家に戻ると均をベッドに寝かせ、彼女は自分のやり残した仕事を片づけた。それが一段落すると、里子は住宅メーカーの木村さんに電話を入れてみた。

「もしもし、上村ですけど、いつもお世話になります」

携帯電話に木村さんはすぐ出てくれて、里子からその日の出来事を聞いた。そして彼は、

「そういうことはありますね。たぶん、傾斜のせいでしょう。そういう事例はよく聞きますから。できたら、もうその場にはいない方がいいと思いますが。ホテルにでも移られた方がいいと思います。だけど今は難しいかもしれませんねぇ。湯本の宿泊施設は、今、原発関連の人たちで満員と聞いていますから」

と言うのだ。

里子は木村さんから聞いたことを、均に話した。彼はできたらすぐそうしたいと言う。

「じゃあ、だめもとで、探してみるわね」

里子は、ベッドで横になる均に言った。

とりあえず駄目でもともとだと考えて、里子は心当たりに電話してみた。

幸い駅前のビジネスホテルの、ツインの部屋が空いていることがわかった。早速、滞在予定にしている残りの数日間、二人はそこに泊まることができたのだった。均のめまいはホテルにいると、うそのように止まった。そして自宅に戻ると、また気分が悪くなる。

均をホテルに残し、数日間、里子は一人で頑張った。そんな里子に、無理をするなと均は心配したが、幸い彼女は大丈夫だった。というより、もともと乗り物酔いの経験のある里子は、その嫌な感じに慣れていたということでもあったのだろう。

そんなことがあって以来、二人の決心は固まった。

——山陰に帰ろう。この家は行政の助けが借りられるうちに、解体してしまおう——と。いくら大切に思っても、このままでは、住むことができないのだ。原発がもう少し落ち着くまでの行ったり来たりの生活は、今の二人にとっては長過ぎた。戻る場所があるのだから、そちらに決めるのが最良の道だろう。やはり、目に見えない大きな力というものを、その時、二人は感じていたのだ。

昨日東京から着いて、早いうちに休んだ二人は、夜が明けるとすぐにホテルを出て自宅へと向かった。歩いても二十分程の場所で、そう時間はかからなかった。二人は途中コンビニで、朝食になりそうなものを買い込んだ。均も昼間仕事をするぐらいなら、どうにか今度は大丈夫のようだ。その時の体調のせいもあるのかもしれない。ストレスというのも原因の一つかもしれないが、それは今の二人にとってどうすることもできないことだった。

山陰の実家に戻れば、ほとんどの家具はいらないことになる。二人にとって、思い出の物を手放すことが一番辛いことだった。しかしこの時も、里子はそれが贅沢なことだと、自分を戒めた。

里子たちは、どうしても残しておきたいものを、今ここで、選り分けることができる。でも、大津波で家ごと流された人たちは、それがしたくてもできないのだ。どんなにか、大切なものがあっただろう。そのすべてが否応なしに水浸しにされて、手の届かない遠くへ持って行かれてしまったのだ。物ばかりではない。大切な家族さえも。それは里子にとって、想像しても想像すらできない、辛く悲しい現実だった。

里子が自分の物を整理していると、彼女の日記帳が出てきた。手を休め、開いてみると、娘八重へ出すはずだった手紙が、出されないままその間に挟まれてそこにあった。

『八重ちゃん、あなたから、結婚式の記念写真が届きました。母は、心躍らせて開封しました。「あらまあ何と素敵に撮れていること」と、思わず見とれてしまいました。あの厳かに奏でられる、生の雅楽の音とともに、結婚式の日のことが、ひとつひとつ鮮明に、脳裏に蘇ってきます。

あの日、きれいな花嫁が、少しずつできあがって行く中で、まるで夢心地の私。何とまあ、まるでお人形のよう。そう思う私のそばで、鏡に映る自分の姿に「コントだね」、照れなのか、鏡の中から上目遣いにいたずらっぽく母を見て、小さな声で一言あなたは呟きました。そういえば小さい時は、あなたはお茶目で、ドリフのコントに出てくる花嫁を見ては、お兄ちゃんとよく笑っていましたっけ。あまりにも日常とかけ離れた自分の姿への戸惑いなのか、わかる気もするけれど三十にもなると、そうはしゃぐ気にもならないのかしらって、そう思いました。

もともと「結婚式は、なしでいいわよ」とそっけなく言い放つあなたに、「絶対、後になって後悔するから」と、私は言いましたね。かわいい一人娘の花嫁姿を見ずになるものかと、めずらしく闘志を燃やして。あなたもきっと、意外だったことでしょう。そう言い張る母の勢いをまるでかわすかのように、あなたはあっさりと、自分で挙式を計画してしまいました。仕事を持ちながらいろいろ大変だったのではと思うけれど、そんなそぶりはおくびにも出さないで。いやはや、恐れ入りました。

でも本当に良かった。こんな素敵な記念写真ができあがって。将来子供にお嫁さんの写真見せて、とせがまれても、もう大丈夫。「ママの、お嫁さんのお写真見せて」、あなたは小さいころ、よく私にそう言ったもの。

今私は、幸せな気持ちで一杯です。どうぞあなたもそこら辺にキラキラと転がっている幸せを、一杯見つけられる、そんな人になってほしいと思います。母は、心からそう願っていますよ』

こんなこともあったなあと、里子は感慨深い。それはついこの間のことのような気がするが、もう、あれから三年以上が経っていたのだ。

里子はもうこれは用なしだなと、自分の書いたその手紙を、処分袋に入れる。すでに八重は、里子の願いどおりに生きて行っている。そのことが、均と里子にとって何よりも嬉しく、大切にしたい宝物なのだ。

ふと、里子はこの頃思う。子供たちには、父の古里にそれを作ってやればいいのではないか。翔も八重もまだ若い。これからの人生に、いくつもの山や谷が待っているだろう。そんな時のために山陰のその場所に、子供たちの拠り所を作ってやればよい。

現に翔は、良く山陰の伯母の家に来る。両親のことが気になるからでもあろうが、山陰という場所が気に入っているようなのだ。来た時には必ず先祖の墓参りをして行く。

そう言えば、東北にはまだそんな場所がなかった。墓参り自体が、子供たちにとっては新鮮なのだ。八重も、震災後一度、家族で遊びに来た。その時、均と里子が咲と並んで三人手をつなぎ、歩いて墓参りをした。そんなふうに墓参りをする均たちを見て、

「きっと、お祖父さんとお祖母さんが、均ちゃんたちを呼んだのよ」

と、晴子は言うが、本当にそうかもしれないと、義姉の言葉を聞いて里子は思った。自然界には、人の手の及ばない何かがあると、近頃一層そう思うのだ。

古里でこれから

「うわー、ふわふわだあ！」

収穫期を迎えた伯州綿《はくしゅうめん》の畑には、元気な小学生の歓声が飛び交っている。それを制する先生も大変だ。里子ははち切れそうな子供たちの元気を、自分も分けてもらえそうな気がして、一緒に綿摘みをしながら傍で微笑んでいる。

その日、均と里子はボランティアで、小学生と一緒に育てた伯州綿の収穫授業に参加し

ていた。子供たちは先生に言われた通り、グループで列を決め、次々と伯州綿を摘み取り集めて行く。

その伯州綿の歴史は古く、江戸時代から境港のある弓ヶ浜半島で栽培されていたという。鳥取県西部は昔、伯耆国《ほうきのくに》と呼ばれていて、そこでよく取れる良質な綿は伯州綿として全国に知られるようになった。明治になって、外国から入ってきた綿が国内に多く出回るようになると、その地での綿栽培は次第に衰退していった。それでもわずかに、伝統的な織物として境港周辺にあった弓浜絣《ゆみはまがすり》の原料として、一部で栽培され続けていたと言われる。そして最近になって、またその伯州綿を広く復活させようと、市と住民の有志たちが職人と一緒になって頑張っているのだ。

均と里子は、そんな昔のことをよく知っている人たちに教わりながら、山陰のことを少しでも多く知ろうと今は一生懸命なのだ。均はともかく、里子は全く未知の場所でいきなり暮らすようになったのだから、当初は不安でいっぱいだったのも無理はない。周囲に助けられ親切に声をかけてもらいながら、日々自分が新しい場所に溶け込んでいくうちに、いつか最初に抱いていた不安が次第に薄れて行っているのを、この頃、彼女は感じていた。

「ねえねえ、見て見て、こんなに取れたよ」

両手にいっぱいの真っ白な綿を載せて、子供たちは本当に嬉しそうな顔でボランティアの人たちに見せる。西国山陰の秋の午後、穏やかな日差しを浴びながら、子供たちは無邪気に綿を摘む。コットンボールと呼ばれる綿の実が成熟して、真っ白な綿がそこからはじけ出る。その摘み取り作業は、里子も大好きだ。ボランティアガイドに誘ってくれた森田さんが、やはり、二人に声をかけてくれたのだ。昔から子供の好きな里子にとって、心から楽しめる時間でもあった。

大事に摘み取られた綿は、職人たちの手によって素敵な綿製品に変わって行くのだ。伝統的な弓浜絣、赤ちゃん用のおくるみタオルなど、それには手作りの温もりがあり、使い手たちにもその気持ちが伝わってくるようだ。この平和な土地が、どうかこのまま平穏でありますように——里子はそう願わずにはいられない。

東日本に大きな災害が起きるまで、均と里子が第二の故郷と決めていた、今は遠い東北福島の浜通り地域。大きな津波が押し寄せた後、一度も行ってみることができなかった、あの海は今どうなっているのだろう。復興が進んでいるとはまだ聞こえてこない。

震災前、その海辺に二人は時々ドライブした。その時よく立ち寄った、久之浜海岸の砂浜。そこにあった可憐な、ハマエンドウ、ハマヒルガオたち。町興しで、砂浜一帯をハマエンドウやハマヒルガオの花でいっぱいにすると頑張っていた人たちは、どうなったのだろう。津波にあの花たちも、さらわれてしまったのだろうか。里子はずっと気になっている。

そんな里子が夕方のテレビを見ていると、避難を続けている福島の少女たちが友人同士で話している番組を、偶然目にした。お互いに、心の思いを隠さず話しあっている。

「わたしね、本当は、避難先でいじめにあったことがある」

と、一人の少女が言った。すると、もう一人の少女が、

「わたしも」

と言う。その原因は、放射能を逃れてきたことに関係すると、二人は話す。

そして、別の少女が聞いている。

「そのこと、お母さんに言った？」

それに対して、聞かれた少女は、

「ううん、言えないよ」

と、首を振る。すると聞いた少女が、

「どうして？」

と聞く。

「だって、そのこと言ったら、ママ、泣いちゃうもん。ママの泣く顔、見れないもん」

その少女は、長い自分の髪で半分顔を隠し、声に詰まった。

そこまで見て里子は、堪え切れずに涙がこぼれた。少女たちの健気さに、心が揺さぶられる思いがした。

いったい何が、こんなまだ幼い子供たちを不幸にしたのだろう。しなくてもいい苦労を、させているのだろう。原子力とは一体何なのか、これからも本当に必要なのか、これだけの人を傷つける物だとわかっても、さらに。

以前他の国で子供たちをも巻き込んだ、原発での大きな事故があった。その時、決してあってはいけない事故と思いつつ、自国では起きるはずがないと、単純に里子は思い込んでいた。しかし、それは起きた。予想以上の自然の猛威に勝てなかったのだ。これからもそれはないとは決して言えない。それを考えたら、今自分たちはどうすればいいのか。

里子はこれまでいかに自分が、それに対して無知のままで生きていたかを思い知らされた。おそらくそれは、今までの国の発展にはなくてはならないものだったことは、確かなのだろう。その研究開発の成果によって産業が栄え、人々の生活が豊かになった。

しかし今、人の力の及ばない自然の力の前で、全く無抵抗な人々を悲しませる原因となったことも、また間違いのない事実なのだ。文明の発達は、時として悲しい結果を呼ぶことを、里子は改めて実感する。これからはそれを、どう考えていけばいいのだろう。かけがえのないふる里を、今、失おうとしている人たちには、どんな声をかければいいのだろう。もし誰もがその立場だったらと、里子は果てしない問答を繰り返すだけの自分が、いかに無力であるかを思い知る。

けれど、里子はこうも考える。本来そこにいるはずのない場所に、自分が今はいるという事実、それはきっと何かを意味しているのではないか。失ったことを悔やんでばかりでは、その思いが積み重なるばかりで前に進めない。まず後ろを振り向かず、今、自分がそこにいることとの意味を見つける努力をすること、このことも、生きる支えを新たに見いだす光になるのではないか。そこにはきっと、喜びがある。喜びがあれば、幸せも見つかるはずだ。

一歩一歩ゆっくりでいいから前に進むことを考え、ひとつひとつそこから幸せを見いだしていく。その努力はきっと、無駄になりはしないはずだ。何とか一日も早く、あの少女たちが、少女たちの家族が、悲しい思いを振り切り前を向いて元気に生きていって欲しいと、里子は心から願う。そして、里子自身もそうしていこうと思っている。

均と、一生をかけて作り上げた大切な家が壊され、今は更地となった場所を思いながら、里子はもう振り返ることはよそうと思う。余りにもいろいろな要因が重なり、大切な二人の家はなくしたけれど、心の奥底でたくさんの思い出と共に、ずっとそれは有り続けるのだ。

家族とともに生きたその時代を心の財産にしながら、これからもしっかりと大地を踏みしめて生きて行こうと、彼女は今思っている。そしてこれからは大勢の人たちと関わりながら、どんなに小さなかけらでも、きっと転がっているはずのしあわせを、ひとつひとつ拾い上げて行きたいと願う。

年を重ねてもしっかりとした意志を持ち、いきいきと生きている人たちを見習い、古くから伝わる大切なことを、次世代に継承している人たちを見習いたい。そして、温かく迎え入れてくれた均と里子にとってのこれからのふる里を、なお一層住みやすい街にしていくためにも、微力な二人の力を少しでも役立てて行けるならと、心からそう思う。

もうすぐ山陰にも冬がくる。もうしばらくすれば、遥か天空にそびえる大山の頂も、白く輝いて見えることだろう。

『伯耆富士《ほうきふじ》』、いにしえの人たちは、本当に素敵な呼び名を残してくれたのだなあと、きょうも均とふる里の台地を踏みしめて歩きながら、健やかな今を、里子は幸せに思う。

あの日から十年

二人にとって、あっという間の十年の歳月が流れた。

里子にとっては母の死という悲しい出来事や、均の腸に腫瘍が見つかり手術を受けるという困難にも遭遇したが、それも何とか乗り越えてきていた。しかしその後にも、均には異変が起きていた。なぜか以前のような健やかさは影を潜め、身体に対してとても神経質になり、従来の明るさや張りのある声が少しずつ失われていく気がして里子は気になった。

「すみません、主人の様子があまりよくないので、ボランティアをしばらく休ませてくださいさい」

里子は近くのボランティア仲間にそう頼んで、少しでも彼の負担を軽くしようとした。

そんなある日の朝、食事のあとぼんやりとしている均に、里子は気になって声をかけた。

「お父さん、どうしたの？」

「うん、これから会議があるから急いで準備をしないと。取り引き会社の組合との交渉だ」

その言葉に、里子は慌てた。

「お父さん、あなたはもうお仕事してないのよ。取り引き会社の組合とはもう関係ないでしょ」

そんな里子の言葉に、均は複雑な表情を浮かべ、じっと里子を見つめていた。その後も時折妄想や幻視のような症状が出てきて、歩き方も緩慢になってき始めた夫に、異変を感じた里子は彼を説得して神経内科を受診した。何かの本で読んだことのある難病を疑い医師に思いを伝えると、医師は即答を避けたが大学病院で検査することを勧めてくれた。

医師に従い様々な検査の結果、彼の病は国の指定する難病のひとつである疑いのあることがわかった。そして、医療保険を利用しながら薬を処方してもらい、同時にリハビリも開始することになった。

一旦は里子もほっと一息ついたが、薬の処方は難しく症状がひどくなることもあり、その度に里子は均に振り回された。健やかだった頃の夫を思うと、陰で一人涙することもあったが、自分を励ましながら何とか頑張った。妄想や幻視が出ている時の患者には、そっと寄り添いその思いを受け入れてやること、読んだ学術書にはそう書かれてあったが、里子自身感情が揺れ動き、時には厳しく対応することも仕方がなかった。何事に対しても前向きだったかつての健やかな均の姿が、どうしても脳裏にチラついて、どうにかして引き戻したいという里子の願いがつい、そうさせた。それでもそんな自分を反省し、均にすぐ謝る。そんな里子を彼は優しい眼差しでじっと見つめ、何も言わずただ浮かべる穏やかな表情だけが、里子の明日への活力にもなった。

そのうちコロナ禍が起こり、時間があると外出してリハビリをしていた二人にもそれが制限され、その影響は大きかった。

そんな中で一回目のコロナのワクチン接種のあと、心なしか均の症状が進んできたように里子には感じられた。これまでに比べて食が細り、飲み込むことにも苦労する様子に、里子は不安を感じていた。

そんなある日、飲み込むはずのお茶が「ぶあっ」と鼻から溢れ、里子は慌てた。当の本人は、ただぼんやりと始末をする里子に身を任せている。

「お父さんごめんね、飲み込みにくかったのね」

これまでには経験したことのない症状に、自分がもう少し気をつけてやればと、里子自身自責の念に駆られた。

そんなことがあっての数日後、コロナワクチンの二回目の接種が近づき、躊躇しながらも一回目が済んでいるのだからとの周りの意見に促され、里子と二人それを受けた。その二日後の昼になって、食事を前にした均がじっとしたままそれを食べようとしないことに気づいた里子が声をかけた。

「お父さん、欲しくないの」

均は何も言わず、じっと里子を見た。

「ご飯いらないの？」

今度は均も「うん」と頷く。

「でも少しは食べて水分も取らなきゃあ」

そんな里子の言葉に、均は黙ったまま、食べやすく握った小さな握り飯を、少しだけ口にした。その後、ほんの少しの水で飲みにくそうに薬を飲んだ後、里子に言った。

「ちょっと横になっていいか？」

「あ、いいわよいいわよ。でも、もう少しお水飲んで」

「いらない」

「でも……」

暑い夏の時期でもあった。部屋はエアコンが効いていたが、それでも脱水にでもなったらとの不安がよぎる。それでなくても鼻から水を出した一件から、水分補給には不安があったのだ。そういえば以前療法士から、水分が取りやすい方法として、少し水に加えて、とろみをつけて飲むいいものがあると聞いていた。しかしその頃は特に問題なく飲めていたので、ついうっかり対策をとっていなかった。

何といってもその時すでに里子自身かなり疲労が溜まってもいた。ただそれは言い訳にしか過ぎなかったのかもしれないけれど、いずれにしても、いろんな不安を蓄積したまま、対応が後手に回ってしまったのには違いなかっただろう。

最近はよく横になりたがる均だったので、その時も里子はゆっくりベッドに横になる彼を介助した。里子がそこを離れ数分後、いつも通りすぐ眠りに入っているものと思いつつも、均が気になり側へ行ってみると、彼は眼を開いたまま天井を見つめている。いつもと違う様子に、里子は均に声をかけてみた。

「お父さん」

反応がない。里子は慌てて均の肩にそっと手を置き、揺すってみる。やはり彼は一点を見つめたまま動かない。どっと里子に不安が襲いかかる。

その時ふと、毎月訪問看護で均の体調の様子を聞き取りにきてくれる看護師のことを思い出した。彼女に相談してみようと電話に駆け寄り急いで受話器を手にした。けれど、電話に出た看護師はいつもの人ではなく、担当の看護師は生憎不在だった。それでも里子は、急いで事情を話し相談したが、電話に出た看護師は判断に戸惑っているようで、

「とりあえず脱水が心配ですね。近くの掛かりつけの内科で点滴を打ってもらった方が良いかも、と思いますが」

と言った。

いつもの看護師からは、何かあれば来てくれると言われていたので、まずは均の様子を見にきてくれるかと期待して電話してみたのだったが、それも叶わなかった。

「そうですね、私も脱水を心配しています。そうしてみます」

そう言って電話を切り、再び均の側まで近づいた里子の目に映ったのは、均の尋常ではない目の動き。時折白目を見せながら瞳が動いていた。里子は思わず均の肩を揺すりながら声をかけたが、こんな状態で均が歩けるはずもなく、近くの内科まで連れて行くのはまず無理な話だった。とっさに里子は均に尋ねた。

「お父さん、救急車呼びますよ、呼んでもいい？」

かすかに均が頷くのを見て、里子は急いで電話の側へ。しかし手が震えて受話器が上手く握れそうにない。うろうろとその場を行ったり来たりしながらわずかの時間ではあったが、まだ迷っていた。

意を決して、やっと受話器を手にしたが、今度は頭に番号が浮かばない。そう、一一九、一一九でいいのよね――自問を繰り返しやっと操作すると、すぐ相手の声が聞こえてきた。ほっとした里子は先ほどまでの狼狽えた様が嘘のように、はっきりと用件を伝えた。

思えば均のために救急車を手配するのは、これで二度目だった。折しもコロナ禍が深刻さを増してきている、そんなさ中でもあった。

別れ

すぐに来てくれた救急隊の人たちが均に声をかけ、それでもぼんやりとしていて動けない彼を、みんなで抱えて担架に乗せ救急車まで運び、簡単に容体を調べた後、里子にこれまでのいきさつを聞いた。

それが終わると、均がずっと難病治療のため世話になっている病院へと向かった。しかしコロナ禍の影響は大きく、掛かりつけの病院ですらすんなりとは引き受けてもらえず、救急隊員の病院との交渉に時間を要した。

それでもいくつかの病院をあたって、引き受けてもいいと言ってくれる所が見つかったが、再度掛かりつけの病院と交渉してそれでもだめなら、という返事に、もう一度、均の通っていた病院に問いあわせてみることになった。すると今度は待ってもらうことになるが、それでも良ければという返事で、結局いつもの病院で診てもらうことができそうだった。そのことに里子は、これまでの緊張の糸が少しだけ緩む思いがした。

待つ間に均は、簡易な検査を受けた。そしてしばらく待ったあと、主治医だったいつもの医師は不在だったため、病院専属の医師に診てもらうことになった。均の主治医は、大学病院から派遣された非常勤の医師だったのだ。

「パーキンソンで受診して治療中ですね。先ほど今日の症状について一応検査しましたが、脳の方の問題はありません。けれど、少々脱水や貧血の症状が見られます。まずは一か月の入院ですね」

「えっ、一か月ですか」

　里子は驚いて言った。点滴で済むと思っていたのだ。思いがけない医師の言葉に、里子はこれまでの均の様子を話した。それまで抱えていた不安を一気に吐き出す思いだった。

「そう、かなり嚥下機能が弱っているようです。今日来たのは英断でした。そうでなかったら危なかったですよ」

　医師は静かに言った。

「そんなに悪いのですか？」

　さらに思いがけない医師の言葉に、思わず涙が溢れだした。

「コロナワクチンの一回目を摂取したあたりから、パーキンソンの症状が進んだような気がします。そして二回目を一昨日受けたばかりでこんなふうに」

　里子は言っても仕方ないことを、涙を流しながら医師に訴えた。

「うん、それは何とも言えませんね。いずれにしてもこの病気は少しずつ進行します。まず入院して様子を見ましょう。万が一ということもありますが、一応覚悟しておいてくださいさい。治療方法についても、ご家族と話しあってどんなふうにするか考えておいてください」

静かに語る医師の言葉に、里子の涙は感染予防でつけていたマスクを濡らし続けた。

「お父さん、来ましたよ」

酸素マスクをつけた均に里子は元気よく声をかける。じっと黙ったままだが、均の瞳がかすかに和らいで里子の顔を見つめる。

緊急入院から九か月の時が流れていた。その間何度も急変で命の危機に直面しながら、数度持ち直し今に至っていた。それでもずっと予断を許さない患者として、コロナ禍の面会禁止の病院方針の中でも、里子は毎日のように、ＰＣＲ検査を受けながらの面会が許されていた。個室でもあったので、均の好んでいたクラシックの音楽や、時々二人で聴いて楽しんでいたポップス系の楽曲やらを聞きながら、穏やかな時間を過ごしていた。

それでも、もう一年近く均は食べることも飲むこともできないでいる。手足はやせ細り、そっと布団をめくってみる里子はやるせない思いでいっぱいだった。よく二人でウォーキングしていた頃のしっかりとした足は見る影もなく、まさに骨と皮だけの姿になっていた。

均の治療方針について、里子が子供たちと相談しながらも、母に任せるとの子らの意思のもと決めたことは、これまでの彼の生き方を鑑みて延命治療はしないということだった。

家族から見て、ただ生かされているだけというのは、均もきっと望まないはずと家族一致した結論だった。

けれど頑張る均を見ていると、点滴だけで数か月も生きている。突然の入院、それからずっと、何も口にすることができない哀れな姿を見るのは、里子にとっても辛いことだった。

聞いたところでは、入院した日の夜、均が看護師にこう言ったそうだ。

「ここでは、食事は出ないの?」

あんなに食欲のなかった彼でも、いつもの時間には当たり前だったことを聞いたのだろう。

「今夜は、ドクターストップがかかっているので夕飯はありません」

状況がわかっていたかどうかはわからないが、均の気持ちを考えると、里子は胸が痛んだ。

その後、病院でも流動食での食事を試みたようだが、受けつけなかったとのこと。誤嚥の危険性からその後食事のリハビリは中止になったようだった。それなら結果としては、今の状況は均にとって延命治療になってしまうのか、入院させるべきではなかったのかと、里子は葛藤を繰り返し、見舞って帰る車でハンドルを握りながらも、こぼれる涙をどうすることもできなかった。

「お父さん、今日もまた帰りますね。また待っててね」

この言葉は帰る時に、必ず里子が言う今ではおまじないのようなものだった。自分たちの都合で生かせているような今の状況で、均に申し訳ないようなそんな日々の葛藤の中でもやはり、生きて待ってくれている均に会えるのは嬉しいことでもあった。

けれどこの頃では、コロナの患者の人数が増え続け、検査容器の不足も懸念されるようになり、加えて見舞う家族の感染リスクも考えると、今までのような面会ができなくなっていた。

「お父さん、明日の土曜から日曜の面会はお休みだけど、月曜日には来ますからね。待っててね」

そう言いながら、里子はふと思い立って、マスクを外し久しぶりに均に自分の顔を見せながら、

「これ私の顔よ、忘れてない？　すっかり歳とっちゃったけどね」

と、少しおどけてみせた。そんな里子に思いがけない均の笑顔が……。

これまでになかった久しぶりの笑顔、何ということか。絶え間なく出る痰の吸引、それに病気の進行のせいもあるのか、会話もほとんどできず、たまに何か言いそうな時も、か細い声、または口だけがそれらしく動くだけだったのだ。

そんな中での均の笑顔、もっとマスクを取っていればよかった。長い入院治療で、認知機能の低下も進み、里子の話しかけにも、理解しているのかしていないのかわからないことも増えていた。里子は心から嬉しく思い、元気が出た。次からは、時々マスクを外した顔も均に見せようと気力も増していた。

週明けの月曜日、朝のPCR検査も無事通過し、再び均を見舞うため家を出る準備をしている時だった。スマートフォンからのコール音が鳴った。

「上村さんの携帯でしょうか？　ご主人の様子が変わりましたので、すぐに来てください」

病院からの電話に、里子は車を走らせた。いつものこと、何度かそう言われていたが、それでも大丈夫だった。今度もきっと大丈夫、そう心でつぶやきながら、それでも逸る心を落ち着かせようと、ハンドルを握りしめ病院へと急いだ。

三階の詰め所をちょっとだけ覗いて声をかけ、いつものような検温もしないまま、均の待つ病室へ走り込んだ。

いつもの酸素マスクが外され、目を開いたままベッドに横たわる均に、何か異変を感じながらも里子は均に駆け寄り、

「お父さん、お父さん」

と、肩を揺すってみた。そしてさらに、

「あなた、お父さん、あなた」

と呼びかける里子に、いつの間にか側に来ていた主治医が、

「心肺停止しています」

と、静かに告げた。

朝、里子が検査で病院を訪れた時には、看護師は均の異変のことは何も言っていなかった。そんなことをぼんやり思っていた里子に担当の看護師は、

「先ほどまで、しっかり意識はあったのですよ。『もうすぐ奥さんが来るから頑張ってね』と言うと、目をきょろきょろと動かしていたのですけど」

と言った。

里子はいつも見ていたモニターに気づいてその画面を見ると、いつも波打っていたすべての線が横一線で停止していた。こういうのはテレビドラマか映画で見たことがある。

そして、里子の頭の中も停止したかのようだった。それでも里子の身体はひとりでに動き、主治医に向かって深々と一礼して感謝を述べた。

「何か不信に思われることや、疑問があれば書類を提出頂いて……」

主治医は、そう言い始めた。そんなことはあろうはずもない。病院スタッフには本当に感謝していたのだ。いろんな気遣いをしてもらい、均にも明るく接してくれた。均を見舞う度、均自身の無念さは別として、日々やせ細り身動きのできない彼の世話を、温かくやってくれたと里子は信じている。二日前に里子に見せた、均のあの笑顔は里子との別れだったのかもしれなかった。

それからは、悲しんでいる暇はなかった。葬儀の手配をしなくてはいけない。里子は慌ただしくその準備に追われた。

しめやかに家族葬が執り行われ、それも無事に済むと、里子はやっと心が安らいだ。まだ均がいなくなったという実感は湧いてこない。通夜の晩何度も目が覚めて、棺に眠る夫の顔を覗き込み、人形のようなその安らかな顔を見て、ただほっとした。

家族葬と断ってはいたが、均や里子の友人知人も幾人か来てくれた。温かな葬儀で送り出せたことに、均もきっと喜んでくれているだろう――里子はそう思うしかなかった。

思えば、均がなくなる五か月ほど前、里子の身体にも異変があった。

今までにはなかった動悸や、時折くるふらつきが気になり、検診をしばらく受けていなかったと思い、内科を受診した。それまでは均のことで頭がいっぱいで、自分の身体を顧みる暇がなかった。

「貧血がひどいですね。胃の検査をしましょう」

内科でそう言われ、検査の結果、大きな潰瘍があることがわかった。精密検査を勧められ、その結果潰瘍に癌が見つかった。手術を勧められ、その際に貧血があるので輸血が必要と言われる。かなり深刻な状態だと里子は感じた。それでも、いつどうなるかわからない均のことが心配で、躊躇する里子に医師は言った。

「突然の大量出血ということもありますよ」

均の命がそう長くないのなら、自分ももう終わりでもいいかな、などと考えてもいた里子だったが、もしそうなって、自分の方が均より先に逝くことになったらと不安になった。

結局里子は手術を受けることにしたが、均と同じ病院だったため、里子の事情を知っていた医師は、入院中に均に万が一のことがあっても、その覚悟はできているかと聞いてきた。

その問いに里子は「はい」と答えていた。他に選択肢は残されていなかったから、それを覚悟するより仕方がなかった。

それから入院までの数日間は、均を見舞いながらも、自分のことでも忙しかった。里子自身万が一、生還できない様なことがあっても子供たちが困らないよう、いろいろな手続きのメモを準備した。そこに遺言書のようなメモも書き残した。子供たちは仲の良い兄妹だったので、里子も安心していた。

予想もしていない事態にはなったけれど、里子は二週間の入院で無事退院することができた。均も急変はなく待ってくれていた。もっとも均には内緒のことであったから、里子の異変に気づいていたかどうか。久しぶりに見舞う里子に、これまでと変わらない眼差しを向けただけだった。とにもかくにも、お互い生きて再び対面できたことに、里子はほっとしていた。

それから五か月間、均はいつ消えるとも知れない命の灯をともし続けた。そしてついにその灯が消えてしまったのだ。あと少しで、均の七十五回目の誕生日を迎えようとしている時でもあった。

セキレイ

無事葬儀が終わり、それでも均を見送ったことがまだ現実として捉え切れていない里子は、一見元気にも見えたが、じわじわと押し寄せる孤独感が現実を引き寄せた。

一人になると頬を涙で濡らす日が続いた。

穏やかな老後を過ごすために、二人で協力しあい頑張ってきた。けれど、東日本大震災という人生最大の困難が二人の計画を狂わせた。それに加え、コロナ禍までもが思いがけない苦難の始まりになった。

そして、自分もいつ均のもとへ旅立つかわからない。少しずつでも終活を始めなくては。そう思いつつ、震災後の引越しの後、一度も開けていなかった衣装ケースをクローゼットの中から取り出し、開けてみた。そこには震災の混乱を大きく載せた古い新聞の包みが一つ。ああ、これ――それを開いて里子は当時の情景をありありと思い浮かべた。まさに自分たちの時代の生き証人でもあった懐かしい壁時計が、あの時間に止まったまま、そこに潜んでいた。

ここまで連れてきていた懐かしい時計を手にかかえて、里子は思う。果たして二人の人生は幸せだったのか。少なくとも均との四十年余りはとても幸せだった。それで充分かもしれない。均との別れは里子にとって早すぎたが、いずれは誰もがそうなっていくものなのだろう。

いつか聞いた歌のフレーズが、ふと浮かぶ。『木蘭《もくれん》の涙』だったか、そう、そんなタイトルだった。

逢いたくて　逢いたくて
あなたは嘘つきだね　私を置き去りに

リハビリに励んでいた頃、ともすると気弱になる均に、

「頑張ろうね、あと十年、八十までは一緒に生きようね」

と言ったのに……。

頬を伝う涙に、里子は均を想う。

均が、孫や子らのために美味しい野菜をと、枝豆、とうもろこし、じゃがいも、サツマイモ、人参、キュウリ、ナスを丹精して育て、汗を流していた境港での畑も、今は主を失くして、草だけが元気に生え揃っている。そんな変わり果てた畑を、せめて草だけは取ってきれいにと、里子は暇を見つけては日々奮闘していた。何と言っても気分転換には良い作業でもあった。そんな時、いつも決まって可愛いセキレイが一羽、どこからか飛んできて、里子の作業を見つめるかのように、草を取り終えて見えてきた土の上をちょこちょこと歩き回っている。

最初は気にも留めずにいた里子だったが、そのうち不思議な気持ちになってきた。

（もしかして、お父さん？）

ふと、そんな考えが浮かぶ。

（傍で見守ってくれているのかしら）

そう思うと、胸が熱くなって涙が溢れそうになり、ポロリと落ちたその一粒が装着したマスクに染みて、消えた。夕方までずっとそばにいたセキレイに、そっと里子は言った。

「さあ、今日はこれでおしまいね」

と、まるでそれを聞いていたかのように、セキレイは低く舞い上がり、近くの住宅の屋根の上を低く飛んで行ってその向こうに見えなくなった。

夏の空はまだ陽が高く、空は青い。

セキレイの飛んで行った場所から、青い空に視線を移した里子の胸に、何か温かな想いが流れた。

了

著者プロフィール

立花 恭子（たちばな きょうこ）

福岡県生まれ、大分県日田市育ち。兵庫県在住。
2004年に文藝書房より『季節』を上梓。

時を紡いで

2024年３月15日　初版第１刷発行

著　者　立花 恭子
発行者　瓜谷 綱延
発行所　株式会社文芸社
〒160-0022　東京都新宿区新宿１－10－１
電話　03-5369-3060（代表）
03-5369-2299（販売）

印刷所　図書印刷株式会社

ISBN978-4-286-25118-9　JASRAC 出 2308789-301